徳間文庫

# 紅い塔

矢月秀作



徳間書店

目次

# プロローグ

富山県中新川郡上市町。千石川上流にある三枚滝から一キロほど南下した万緑の山間《やまあい》に、円筒形の七階建てビルがそびえている。

表向きには、立山山系の自然の観察と調査のために造られた、無許可の者は立ち入り禁止の研究施設ということになっているが、実態は違う。

ここは、組織が秘密裏に建てた殺し屋を養成するためのトレーニングセンターだった。

かつて、養成施設は横浜にあった。

しかし、当時、殺し屋候補の選別、育成を取り仕切っていた小暮《こぐれ》が工藤《くどう》に殺され、横浜の施設は閉鎖された。

その後、前頭首の長老指揮の下、人里離れた山の中に急ピッチで建設された。

施設の責任者は、本渡秋生《ほんどしゅうせい》という五十五歳の男性だ。水墨画に描かれた竹のように、顔の輪郭も目も体つきもほっそりしている。

スーツに身を包んだ姿はユニセックス的で、とても殺し屋を養成する場所を仕切っている人物には見えない。

が、本渡のグループは、組織最強と言われていた桃田《ももた》グループにも引けを取らないほどの実力者ぞろい。その集団を束ねている本渡の才覚は推して知るべしである。

本渡グループは、組織の中でも珍しい集団だった。

多くのグループは、そのグループごとに特色を持っている。

徒手空拳が得意なグループもあれば、銃殺にこだわっているところもある。刃物といっても、果物ナイフや包丁などの日用品を好む者たちもいれば、ククリナイフのような特殊武器を専門に使っているグループもある。

組織はターゲットの人数や背景を見て、最適の個人やグループを選び、クライアントからの依頼を下ろす。

しかし、本渡グループに所属する殺し屋たちはオールラウンダーが多く、その質も高い。

本渡自身も、素手の殺しから武器を使った殺人術、薬学などにも精通している。

長老は、そうした本渡グループの特徴を見極め、彼らに新人の選別と育成を任せた。

普段、ここには本渡と部下のトレーナー、それに新人生徒たちしかいない。

が、今日は組織の相談役である仁部章造《にべしょうぞう》と神城隼人《かみしろはやと》が施設を訪れていた。本渡と共に屋上のヘリポートに立っている。

三人は北の空を見つめていた。

「仁部さん。本当にいいんですか？」

空に目を向けたまま、隣の仁部に訊く。

「いいも何も、相談役会の決定は絶対だからな」

「今からでも中止にできないんですか？」

「そうできれば、とっくに止めている」

仁部は険しい表情を覗かせた。

長老の死後、組織の体制は刷新された。

建前上は、工藤が長老の後継として組織の頭首を務めている。

しかし、実際は、仁部を中心とする相談役会の五名の相談役が一つ一つの懸案を審査し、合議の下、可否を決めるようになっていた。

普通の案件については、五人いる相談役の過半数が賛成すれば執行対象となるが、重要事案については全会一致が原則だ。誰か一人の意見で独断専行することはない。

工藤が頭首として命を下した場合はその限りでないが、彼はすでに一線から退き、大分県の漁村で亜香里《あかり》と共に静かに暮らしている。

今の体制で問題はない。

できれば、仁部も神城もこのままの形で維持運営し、工藤の手を煩《わずら》わせることのないまま、最終的に相談役会を最高決定機関とする合議制組織へ移行させたかった。

が、三カ月前、問題が起きた。

組織の上位数グループのリーダーが、工藤の頭首襲名に連名で異を唱えたのだ。

その声を拾い上げたのは、新しい相談役の成宮寿一《なりみやじゅいち》だった。

成宮はIT関連企業のコンサルティングやスタートアップ企業への支援で成長した投資顧問会社の元代表で、組織運営に関して知見を持っている。

仁部は次世代の自身の後継者として、成宮を推薦し、工藤の承認を経て、相談役として就任させた。

歳は五十三と、相談役の中では最も若く、清廉で力強いイメージを持った男性だけに、組織内の特に若手グループからの支持を得ていた。

成宮は、新組織の統括体系を確かなものにしようと、精力的に各グループの声を直に聞いて回った。

そこで出てきたのが、工藤への不満だった。

工藤が長老を殺した徳丸《とくまる》グループのリーダー、徳丸岳人《がくと》を処分したことは組織の末端まで知れ渡っている。

だが、工藤を直接知っている者はごく一部で、上位グループのリーダーですら、工藤の顔も知らない者がいる。

さらに、大谷《おおたに》ら相談役三人が工藤の名の下、処分された経緯も詳細には知らされていないため、仁部と神城が結託して、工藤を神輿《みこし》としてかつぎ、組織を乗っ取ろうとしたのではないかという噂まで広まっている始末だ。

仁部と神城は、そうした噂が出ていることは耳にしていたが、組織が新体制になれば収まると高をくくっていた。

しかし、二人が新体制構築に没頭している間に、下位グループの不満は蓄積し、ついには上位グループにまで波及して、異議申し立てが相談役会に上がってくるほどの事態となった。

さすがに、ここまで来ると、仁部たちも抑えきれない。

新相談役会での審議を余儀なくされ、新たに選出された成宮以外の二人も加えて検討した結果、一つの決定が下された。

本渡は、仁部越しに神城を見やった。

「神城さん。一応、選出者には相手を戦闘不能にするだけでいいと伝えてはいますし、うちのトレーナーが待機しているので大丈夫だとは思うのですが、不測の事態もあり得ます。その場合はどうされるおつもりですか？」

懸念を口にする。

「万が一の事態が起こっても仕方がない。君に責任が及ぶことはないから、安心してくれ」

「私の責任うんぬんはどうでもいいんです。どちらが制するにしても、組織に禍根《かこん》を残しますよ」

「それも織り込んでいるつもりだ」

濃い色のサングラスをかけた神城が眉根を寄せる。

ヘリコプターのメインローターブレードの回転音が聞こえてきた。

三人は音のした山の先を見つめた。

青空の中にヘリコプターが現われた。太陽の光を浴びてキラキラと反射光を散乱させながら、まっすぐ、三人が立つヘリポートへ向かってくる。

「いよいよか……」

神城がつぶやいた。

その声を耳に留め、仁部の顔も硬くなる。

三人は屋上の端に移動した。ヘリコプターはヘリポートの真上でホバリングし、ゆっくりと降りてきた。

下降気流が地面を滑る。突風が神城たちの衣服や髪を揺らした。

ヘリコプターが着地する。ローターの回転が少しずつ緩やかになっていく。

ドアが開いた。

スーツ姿の屈強な男が先に降りてきた。その後ろから押されるように、手錠をかけられ、目隠しをされた男が降りてくる。

その男は、組織の現頭首、工藤雅彦《まさひこ》だった――。

# 第1章

## 1

話は、工藤が立山のトレーニングセンターへ連れて来られる一カ月前にさかのぼる。

その頃、工藤雅彦は、大分県の豊後水道に面した小さな漁村の水産加工会社で、工場の作業員として亜香里と共に働いていた。

工場の朝は早い。水揚げされた魚は午前六時には工場へ届く。工藤たち作業員は、午前五時半には工場に入って準備を整え、魚が到着次第、新鮮なうちに捌《さば》いて加工する。

その日の魚が届いて加工を終え、配送トラックへ積み込むまでの数時間は、死ぬほど忙しい。

が、ほとんどの出荷を終える午前九時を過ぎると、途端に暇になる。一日の仕事はほぼ午前九時までに終わると言っていい。

あとは、終業時間まで、缶詰の製造や梱包、在庫の確認、作業場の清掃などをゆっくりと進め、午後三時には退社できる。

当初、商品の配達配送や取引先の営業を担っていたが、商品の配送を社長の知り合いの運送会社に任せることになり、それを機に、工藤も工場の作業所で働くようになった。

初めのうちは、朝早く起きるのが大変だったが、体が馴染んできた今では、夜更かしができなくなった。

ただ、日の光を浴びて働き、日暮れと共に活動を終えるという生活は、工藤と、妻となった亜香里にとって、とても心地のよいものだった。

工藤が作業所での仕事を始めた頃は、午後三時の退社後に、先輩作業員たちと近所の食堂で飲み語ることもあった。

しかし、新型コロナウイルスの蔓延《まんえん》でそうした会合もほとんどなくなり、今は仕事を終えると、亜香里と共に帰宅する毎日を送っていた。

少し心淋しいところもあるが、人には言えない秘密を持つ二人にとって、無用な付き合いを制限されるのは好都合でもあった。

その日も、工藤は自分の仕事を終え、亜香里が働いている作業場へ迎えに行った。

工藤は亜香里が懇意にしている作業長の奥さんに言われ、目を丸くした。

「えっ、帰った？」

「あら、あんたには声かけてなかったんかえ。なんか、午前中に気分が悪いからって、早引けしたで」

奥さんが言う。

工藤は心配そうに訊いた。

「どんな様子でした？」

「蒼い顔してなあ。必死に吐き気を堪《こら》えてる感じやったわ。そやけん、私も他の人も、早く帰って病院に行っといでって言うたんよ。今はほら、コロナもあるけんな」

「そうですね……」

「たぶん、病院に行ってもう帰っちょるやろうけん、あんたも早く帰ってあげよ」

「はい。お先に」

工藤は頭を下げて、駐車場へ走った。

車に乗り込み、家路を急ぐ。

そういえば、この頃、時折調子が悪そうな様子を見せていた。

本人は風邪気味で疲労も溜まっているからと言っていたが、奥さんの言う通り、コロナに感染した可能性もある。

もしそうなら、急いで対処しなければ、万が一もあり得る。

ここまで、文字通り、命を懸けた修羅場を共に潜《くぐ》り抜けてきた。工藤も亜香里も、その手で多くの命を奪ってきた。なので、いつ死んでもいい覚悟はできている。

しかし、何もしないまま、ただ死を待つことはしない。もがき、抗《あらが》い、それでも命運尽きた時は静かにその死を受け止める。

とはいえ、治療法も確立していない病とは闘いようがない。

今まで、心身を削って繋いできた命を、わけのわからないウイルスに持っていかれるのは到底受け入れがたい。

もしかすると、組織の研究機関が、新型コロナウイルスに対処できる特効薬のようなものを作っているかもしれない。

また、そうした情報も持っているだろう。

いざとなれば、組織の力をもって――。

とまで考え、頭を振った。

頭首とはいえ、今は組織から距離を置いている立場。自分たちの都合で組織の力を借りれば、再び、あの地獄に連れ戻される。

工藤だけならまだしも、亜香里を再度、組織の一員に復帰させることはできない。したくない。

最悪の事態を回避する方法を考えながら、工藤は自宅にたどり着いた。

自宅は、会社が用意してくれた一戸建ての借家だ。古い二階建ての家だが、庭もあって部屋数も多く、二人で暮らすには持て余すほどの屋敷だった。

駐車スペースに車を停めて、玄関へ走り、ドアノブを握る。回すと、鍵はかかっていなかった。

「亜香里、帰ってるのか?」

三和土《たたき》に入って、中へ声をかける。

と、奥から声が聞こえた。

「おかえりなさい」

亜香里が奥の居間から出てきた。

「大丈夫か!」

工藤は靴を脱ぎ捨てて上がり、亜香里に駆け寄った。

「大丈夫」

亜香里が微笑む。

「寝てなくていいのか？」

「平気だって。病気じゃないから」

「本当か？　ＰＣＲ検査はしたのか？」

「だから、病気じゃないんだって」

亜香里は苦笑し、居間へ戻っていく。工藤はついていった。

居間へ入ると、座卓の前に座った。

「お茶飲む？」

「あ、ああ……」

工藤は奥に座り、亜香里の様子を見た。

若干、顔色が悪い気もするが、普段の亜香里と変わりない。多少、匂いが変わったような気もするが、亜香里が茶葉の入った急須にお湯を注ぐと、お茶の香りで掻《か》き消えた。

亜香里はお茶を注いだ湯呑みを、工藤の前に出した。

湯呑みを取って口へ近づけ、ふと気づく。

「飲まないのか？」

手を止めて、亜香里を見つめる。

亜香里は自分の分のお茶を用意しなかった。

長く殺し屋として過ごしてきた習性か、いったん気になり始めると、いちいち細かいところまで気づき始める。

「私は白湯《さゆ》でいい」

そう言い、自分の湯呑みにポットからお湯を注いだ。

両手で湯呑みを包んで、一口飲むと、湯呑みを持った両手をテーブルに置いた。ゆっくりと顔を上げて、工藤を見つめる。

「あのね、雅彦さん。今日、病院へ行ってきたの」

「それは、おばちゃんから聞いたよ。蒼い顔して倒れそうだったんだろ？　どうだったんだ？」

「おばちゃん、コロナとか言ってた？」

亜香里は笑った。

工藤が首肯《しゅこう》する。

「もう……。そうじゃないって、おばちゃんにも言ってたんだけどな」

苦笑し、改めて、工藤をまっすぐ見つめる。

「産婦人科に行ってきたの」

「産婦人科って……」

工藤は驚いて、まじまじと亜香里を見やった。

亜香里はうなずいた。

「三カ月だって」

深く微笑み、腹に軽く手を添える。

「本当か！」

工藤は思わず腰を浮かせた。

「性別はまだわからないんだけど、順調だって」

「そうか……。そうかあ」

工藤は座り直した。湯呑みを取り、お茶を飲む。一気に飲んで、熱さにむせる。

「ちょっと、雅彦さん」

亜香里は目を細めた。しかし、まもなく真顔になった。

「雅彦さん。いいの？」

「何が？」

「私たち、子供を授かっていいのかな」

ふっと表情が翳《かげ》る。

無理もない、と、工藤は思った。

工藤自身、もし子供ができたらと、幾度となく考えた。

自分たちは殺し屋という裏の顔を持つ。今は組織と距離を置いているとはいえ、工藤がレッドホークの継承者で、組織の現頭首であることは事実。

組織との関係を完全に断ち切れない限り、危険は常に付きまとう。

そのような人生に、未来ある我が子を巻き込んでいいものか……。

自分自身が、父の遺恨《いこん》に巻き込まれて裏の世界に飛び込まざるを得なくなった経験を持つので、心情は複雑だった。

しかし、小さな町で働き、日常を淡々と送っていく中で、その思いも徐々に変わり始めていた。

工藤にも亜香里にも、日常を取り戻す権利はある。運命はともかく、それを取り戻すには抗い、前に進むしかない。

「亜香里」

工藤はまっすぐ見つめた。

「僕たちの子を授かろう」

「雅彦さん……」

「太陽の下でのびのびと育てよう。僕たちの分まで、明るい場所を歩いてもらおう」

工藤が言う。

亜香里の目が涙で光る。

「何も心配することはない。今は、丈夫な子を産むことだけを考えて、体を大切にしてくれ」

「うん」

亜香里はうなずき、指の背で涙を拭《ぬぐ》った。

## 2

工藤は、社長と作業長に亜香里の妊娠を報告した。

社長をはじめ、工藤たちと同じ職場で働く人たちはみな、亜香里の懐妊を祝福してくれた。

気の早いおばちゃんたちは、ベビー用品やおもちゃまで持ってきてくれた。

若い人が少ない職場だからか、誰もが亜香里を気づかってくれた。特に、子育てを終えたおばちゃんたちは、亜香里にとって心強い支えとなってくれていた。

工藤も亜香里もうれしかった。

こんなにも温かく、優しい空気に包まれたのは何年ぶりだろうか。

いや、振り返ってみると、二人ともそうした環境に身を置いたことはなかったかもしれない。

普通がとても尊いものに感じた。

工藤は亜香里の出産費用やその後の養育費などを稼ごうと、作業場での仕事を終えた後、配送や営業の仕事にも復帰した。

単年契約だった雇用も、無期限の正社員契約に変えることを考えている。

貯蓄は十分にある。殺し屋として働いていた頃の金もあれば、今でも頭首としての報《ほう》酬《しゅう》を得ている。

ただ、工藤はできれば、その金には手をつけたくなかった。

金に色はないというが、工藤が得ている報酬は誰かの命と引き換えに入ってきたものだ。

どうしても〝穢《けが》れた金〟という思いが拭えない。

生まれてくる子を明るい場所へ送り出すため、工藤は自身が汗をかいて稼いだきれいな金で育ててあげたかった。

睡眠時間は三分の二に減った。眠気と疲労が襲《おそ》ってくるときもあるが、それも心地よい疲れだ。

毎日、生きているという実感を覚え、充実していた。

一方、日が経つにつれ、幸福感と共に不安感も大きくなっていく。

何もない平凡な幸せというものに慣れていない。ただただ静かに暮らすという幸福を営もうとすると、必ず、工藤を不幸へ導く使者が現われる。

今度こそ……と祈るが、これまで幾度となく、その小さな望みは断ち切られてきた。

亜香里が出産するまで、あと半年以上ある。この間、何事もなくスムーズに新しい家族を迎えられるとは思えない。

杞憂《きゆう》であればいいが……と、工藤は心底願っていた。

亜香里の告白から二週間が経過した。

新しいタイムスケジュールにも体が馴染んできた。

その日も、午後七時に取引先との打ち合わせを終え、急いで帰宅していた。

と、自宅の百メートル手前の路肩で、サングラスをかけた男を認めた。漁村には似つかわしくない、スーツ姿の壮年男性だ。

工藤はすぐにそれが神城だということを認めた。

やはり、現われるのか……。

たった二週間で、工藤の切なる望みは断ち切られた。

車中で深いため息をつき、車を回し、神城の脇に停めた。助手席の窓を開ける。

「乗ってください」

工藤は周囲を見回しながら、声をかけた。

神城が助手席に乗り込む。

ドアが閉まると、工藤は自宅には戻らず、そのまま車を走らせた。

しばらくは無言だった。

工藤は住宅街を抜け、海沿いの道をしばらく流し、ひと気のない路肩に車を停め、エンジンを切った。

ヘッドライトが落ちると、たちまち暗闇に包まれた。

「よく、こんな場所を知っているな」

神城が言う。

「そこそこ長いですからね、ここも」

工藤は答えた。

「ちょうど、神城さんに報告しなきゃならないことがあったんです」

「なんだ？」

神城は工藤に顔を向けた。

「子供ができたんです」

「おお、そうか！」

　神城が笑みを覗かせた。

「もうすぐ四カ月目に入ります。僕も亜香里も、このまま子供を授かるつもりです」

「それは結構なことだ」

「いいんですか？　僕たちが子供を持っても」

「殺し屋が家庭を持ってはいけないという決まりはない」

「子供ができたら、僕らはここに骨を埋《うず》めるつもりです。それも容認できますか？」

「君たちがどこに住もうと自由だ」

　神城は淡々と答える。

　工藤は神城を見やった。

「子供が生まれたら、今度こそ完全に組織とは縁を切ります。それも容認してほしいのですが」

「それはできない」

　神城が即答した。笑みが消える。

「頭首命令でもですか？」

「今は無理だ。おまえが引退すれば、組織は混乱を来たす。そうなれば、おまえたちの身の安全も保障できなくなる」

神城の語気が強い。

工藤はふっと笑ってうつむき、フロントガラスの先に目を向けた。

「そう答えると思っていました。今すぐ、どうこうできることでないことはわかっていますから、今の話は忘れてください。で、用件はなんですか?」

工藤が切り出した。

「吉報をもらってすぐに申し訳ないんだが」

神城は前置きをし、

「一つ、おまえにこなしてほしいミッションがある」

「殺しですか?」

工藤の目尻が上がる。車内の空気がぴりっと緊張した。

「厳密に言えば、殺しもあるかもしれんが、今回はそういう話ではないんだ」

神城が前を向いた。

「君が頭首に就任することに異議を申し立てるグループが出てきた。それも複数だ」

声のトーンが重い。

「なら、僕が辞退すれば済む話じゃ――」

「そう簡単なことでもない。以前話した通り、継承者は前頭首をレッドホークで殺すことという掟《おきて》がある。今、仁部さんと共にその掟を変えようとしているが、まだ、変更する段には至っていない。そうである限り、誰に引き継ぐにせよ、君は命を奪われることになる」

「頭首命令で変えることはできませんか？」

「それも可能だが、反発は必至。君の都合よく変えてしまえば、組織は分裂する。そうなると、君たちを守れなくなる」

神城がため息をつく。

「僕らなら自分たちでなんとか」

「子供ができてもか？」

神城は工藤に顔を向けた。

工藤は言葉に詰まった。

「君たちに子供ができたと知れば、襲ってくる者は、まだ子供が生後間もないところを狙ってくるだろう。組織の者たちも、君と川瀬《かわせ》君、いや、奥さんが一流の腕を持っていることは知っている。真正面から攻めてくることはしない」

「どうしろというんですか」

「相談役会で協議した結果、君が頭首たらんことを見せつけるためには、一つの方法しかないという結論に至った」

神城がサングラスの下の眼力を強めた。

「異議を申し立てたグループの者たちを、君の力で屈服させてもらいたい」

「殴り込めと？」

工藤の眉間に縦じわが寄る。

「そんな乱暴な真似はしない。立山に長老が造ったトレーニングセンターがある。七階建ての円筒形のビルだ。その最上階から一フロアずつ反発するグループの者たちと戦い、降りてきてくれ。ゴールとなる一階にたどり着いた時、君はビルから解放される」

「なんですか、その地下格闘技みたいなルールは。ふざけているんですか？」

工藤は不快感をあらわにした。

「ふざけているわけではない。大まじめだ。閉鎖空間なら邪魔は入らず、ガードも固めやすい。トレーニングセンターは山深いところにあるしな。それに、相手を殺す必要もない。君が相手を戦闘不能にしてしまえば、そこでおしまい。下のフロアへ進むことができる。それで相手には力の優劣を否が応でも思い知らせることができる」

「相手が僕を殺しにかかってきたら？」

「施設長を務めている本渡君のグループの者を各フロアに配置する。雌雄が決してもなお暴挙に出る者は、その場で処分する。もちろん、我々の手でだ。君が自ら手を下すことはない」

「信じられませんね」

工藤は冷たく言い放った。

「君が信じるかどうかは、申し訳ないが関係ない。組織と君たちの今後のために、戦ってもらうしかないんだ」

神城は言った。

工藤はハンドルを握り締め、前を見据えた。

神城がここまで言うなら、もう逃れる術《すべ》はないのだろう。

せっかく、静かな幸せが手の届くところまできたのに、またも闇に引きずりこまれるのか……と思うと、心底嫌になる。

しかし、ここを乗り切らなければ先がないこともまた現実。

立ち向かうしかない。

「わかりました。請けましょう」

「俺の力が足りんばかりに、面倒をかけるな」

「神城さんも仁部さんも、力を尽くしてくれたんだろうと思います。もう、気にしないでください。とにかく、そのビルを抜け出せば僕の勝ちということですね？」

「そうだ」

「それで、組織の末端まで、僕を頭首と認めるわけですね？」

「そういうことになるだろう」

神城が首肯する。

「では、認めさせましょう。ただし、二つ条件があります。一つは、このことを亜香里には報せないこと。今、亜香里は大事な時期です。心労をかけてしまえば、流産する可能性もある。そんなことになれば、僕も亜香里も希望を失う。その時は組織ごと破壊します。亜香里と二人で」

「わかっている。君が不在中の彼女の護衛は気づかれないようにするから、安心してくれ」

「お願いします。もう一点。この手の話は、必ず、己が利のために反目するグループを煽《あお》っている誰かがいるものです。炙《あぶ》り出してください。これは頭首命令です」

「承知しました」

神城は敬語を使った。

「いつから決行ですか？」

「二週間後。迎えを寄こす。現地への送迎の際、逃走防止のために手錠と目隠しをするが、それは了承してくれ」

「わかりました。予定を調整しておきます」

「すまん」

「もう詫びはいりません。一日も早く、僕が安全に勇退できるよう、システムを整えてください」

工藤の頼みに、神城は強く首を縦に振った。

3

神城と別れて家に戻ると、亜香里が迎えに出てきた。

「おかえり。遅かったね」

「ちょっと、打ち合わせが延びちゃってね」

工藤が答える。

亜香里はじっと工藤を見つめた。

「どうした？」

笑みを向ける。

「なんでもない。ごはんできてるよ」

「先に風呂入るよ」

「そう。じゃあ、上がる頃、おかず、あっためとくね」

「頼むよ」

工藤は言い、自室に入った。スーツを脱いで、ハンガーにかける。ネクタイもかけ、ワイシャツと下着のまま、バスルームへ行った。

脱衣所で脱いだものを洗濯かごに入れ、裸になる。ところどころに傷跡が残る肉体は、殺し屋稼業を離れているとはいえ屈強で、三角筋が逆三角形に盛り上がり、腹筋もきれいに割れている。

合間を見ては、人の目のないところで鍛えていた。いつ何時、災禍《さいか》に巻き込まれるかわからない身分。警戒は怠っていなかった。

サッシを開ける。中から硫黄の香りがぷんと漂ってくる。浴槽は石造りの古いものだ。隅には赤茶けた苔や硫黄の塊がこびりついていて、見目は決して美しいとは言えない。

しかし、ここには天然温泉が引かれていて、かけ流しで二十四時間、いつでも入ることができる。近隣の家も似たようなものだ。日本有数の温泉地である大分の温泉に毎日存分に浸かれるという環境は、考えてみれば贅沢ではある。

湯船の中のお湯を桶で汲んで体を洗い、少し熱めの湯に沈む。口から、ふうっと息が漏れる。

工藤は壁面にもたれ、天井を見上げた。

あれは、勘付いてるな……。

玄関での亜香里の態度を思い返す。

自分ではいつもと変わらない態度を取ったつもりだったが、どこかぎこちない部分が出たのかもしれない。あるいは、普段とは違うかすかな匂いを感じ取ったか。

我が妻である前に、亜香里は一流の殺し屋だ。亜香里の体調を気づかってごまかそうと考えたこと自体が愚かしいことだったのかもしれない。

何をどう話したものか、と思案しながら、工藤はゆっくりと湯船に浸かり、疲れを取った。

風呂から上がると、食卓には刺身やてんぷら、野菜を温泉熱で蒸した地獄蒸しが並んでいた。

「ビール飲む?」

「そうだな」

髪の毛をタオルで拭きながら、ダイニングの椅子に座る。

亜香里が缶ビールとコップを持ってきた。

「洗い物が増えるから、缶でいいぞ」

「そう。ありがとう」

亜香里は缶ビールをテーブルに置いて、コップを食器棚に戻した。ゆっくりと歩いてきて、工藤の向かいに座る。

見ると、亜香里の前に箸や取り皿がなかった。

「食べないのか?」

「おなかがすいたから、先に食べちゃった」

屈託ない表情で笑う。

工藤もつい、笑顔になった。

「そうか。食欲があるのはいいことだ」

缶のステイオンタブを開けて、ビールを飲む。

しゅわしゅわと弾《はじ》ける冷えた炭酸とコクのあるほろ苦さが、風呂上がりの渇いた喉に心地よい。

缶を置いて箸を取り、刺身に手を伸ばした。豊後水道で今朝方獲れた魚だ。新鮮で身も締まっていてうまい。

特に、刺身を甘い醬油に漬けた〝りゅうきゅう〟という大分の郷土料理は、工藤も亜香里も大好物だった。

りゅうきゅうをつまんで、口に放り込み、刺身の味と食感、滲《にじ》みだす醬油ダレのコクを味わって、ビールを含み飲み込む。

至福の時間だ。

組織のことを話さなければと気になるが、まずは食べて落ち着こうか。と思っていた時、亜香里から訊いてきた。

「組織の人と会ってきたの？」

工藤は思わずむせ返りそうになった。急いでビールを飲んで、息をつく。

「雅彦さん、私に気をつかってくれてるんでしょうけど、わかるよ。一応、まだ現役だから」

亜香里はじっと工藤を見つめた。

「神城さん？」

「よくわかるな」

工藤は目を丸くした。

「神城さんは、男性の汗に少し血が混じったような匂いがするんだけど、ちょっぴり優しくて柔らかいの。他の人には感じない匂いよ」

「僕は？」

「雅彦さんは、神城さんと似た匂いがするけど、ほんのり尖った香りもする。鋭いというのかな。スパイシーなカレーみたいな感じ」

「カレーか」

苦笑する。

「カレーの匂いそのものってわけじゃないのよ。時々、ふっと刺す鋭い香りがスパイスに似てるってこと」

「なら、よかった。体からカレーの匂いがするのは嫌だからな」

笑いながら、感心する。

殺し屋稼業をしていると、嗅覚も敏感になる。ちょっとした匂いの変化で敵の動きを感じ取ることもあるからだ。

ゾーンに入って神経が研ぎ澄まされた時は、敵が動き、空気が揺らいだだけで、相手の体臭や舞い上がる埃の匂いまでわかることもある。

亜香里は、同業者の中でも特に嗅覚が優れている殺し屋の一人だった。

「何の話だったの？」

亜香里がまっすぐな目を向けてくる。

工藤はビールを飲んで大きく息をつき、箸を置いた。

「組織の新体制についてだ。合議制への移行が難航しているので、僕に出てきてほしいということだったよ」

「頭首としての殺しをするってこと？」

亜香里の瞳に不安がよぎる。

工藤は微笑んだ。

「違うよ。相談役会での話し合いに参加してほしいという頼みだ。協議の場に頭首がいるといないとでは、圧のかかり方が違うからね」

「圧をかけて、強引に決めてほしいってこと？」

「話を前に進めたいんだろう。面倒なことになりそうだったら、レッドホークを置いて帰ってくるよ」

笑みを深くする。

「どのくらい？」

「一週間の予定だ」

「長いね」

「今回、詰めるところまで詰めてきて、以後煩わされないようにしたいからね。社長には、独り暮らしの伯父が倒れて、介護施設の手配なんかをしなくちゃいけなくなったから休ませてもらうと連絡しておく」

「そんな伯父さんがいるなんて話、したっけ？」

「今、作った。僕の父の兄で、父亡き後、何かと世話になった人ということにしておく」

「伯父役は神城さん？」

「仁部さんでもいいかもしれないな」

工藤が笑う。

亜香里も微笑んだ。そして、すっと真顔になって、工藤を見つめた。

「帰ってきてね」

「話し合いだけだから、心配ないよ。亜香里は体に気を配って。大事な時期だから」

工藤が亜香里の腹を見やる。

亜香里は腹をさすりながら、小さくうなずいた。

## 4

二週間後、工藤は東京へ戻るふりをして、亜香里に車で駅まで送ってもらった。

そのまま日豊本線に乗り、苅田《かんだ》駅まで向かう。窓枠にもたれて海を眺めながら、自分の心身の調子を測る。

気持ちは少しずつ日常から離れてきているが、やはり端々が緩んでいることを感じる。五感ももう一つ鈍い。

目を閉じ、指先をゆっくりと動かしたり、鼓動を聞きながら血の流れを感じたりして、五感を研ぎ澄ませていく。

集中力が増すにつれ、潮の匂いを強く感じるようになっていく。電車のちょっとした揺れを肌が感じ取る。車輪の軋《きし》む音の隙間に隣の車両の足音や話し声まで聞き取れるほど、聴覚が敏感になっていく。

四時間弱で苅田駅に到着した。

下車する頃には、水産加工場に勤めている若い夫婦の夫、工藤雅彦の顔は消え、殺し屋組織の頭首の気配をまとっていた。

改札を潜ると、組織の迎えが待っていた。

周囲の風景に溶け込むよう、ラフな格好をした若い男が友人のようなふりをして工藤に近づき、荷物を受け取った。

案内された先には、シルバーのミニバンが停まっていた。

若い男は、後部座席のスライドドアを開いた。

中には黒スーツの男が乗っていた。工藤に一礼し、中へ促す。工藤は後部座席に乗り込んだ。若い男がスライドドアを閉める。

若い男は荷台に工藤のカバンを入れ、運転席に乗った。シートベルトをしてエンジンをかけ、待機する。

黒スーツの男が口を開いた。

「工藤さん、私は本渡グループの巽宗利《たつみむねとし》、出迎えたのは私の部下の上柳翔《かみやなぎしょう》です」

紹介すると、上柳は運転席から振り返り、頭を下げた。

「申し訳ありませんが、ここから目隠しと手錠をさせていただきます」

巽が言った。

「かまわないよ」

工藤が答える。

「失礼します」

巽は、工藤に、背を向けて両腕を後ろへ回すよう指示をした。

工藤がその通りにすると、両手首をプラスチックカフで拘束され、アイマスク型の目隠しをきつめに着けられた。

「少々不快かもしれませんが、立山に着くまで我慢してください」

「わかっている。行ってくれ」

工藤が言うと、車が動き出した。

車は北九州空港へ向かった。十分ほどで空港に到着する。

工藤を乗せた車は空港内へ入り、ヘリポートへ直行した。組織がチャーターした五人乗りのヘリコプターが待機していた。

工藤は目隠しをされたまま、巽に連れられ、ヘリコプターの後部座席に乗り込んだ。真ん中に座らせられ、シートベルトをされる。

「これから、四時間ちょっとのフライトになります。手首がきついようなら、いったん外しておきますが」

「いいよ。そのまま行ってくれ」

「わかりました。不調があればいつでもおっしゃってください」

巽が言った。

まもなく、メインローターが回り始めた。

空気を切り裂く音が響き、機体が揺れながら浮き上がる。

工藤は背もたれに頭を傾けた。

地上から切り離されたことで、気持ちも肉体も完全に日常から離れた。

あとは、生きて帰ることに集中する。

少しでも体力を温存しておくため、工藤は眠った。

## 5

立山のトレーニングセンター屋上のヘリポートに到着した工藤は、ヘリコプターから降ろされた。

メインローターから吹き下ろす気流が匂いを運ぶ。神城と仁部の匂いを感じる。他にも建物全体に染みついた血なまぐさい汗の匂いや漂う殺気を感じ取った。

工藤は巽に促されて歩きながら、自分の感覚が完全に戻ったことを認識した。

ただ、気になる匂いと気配が一つあった。

神城や仁部に近い位置にいる何者かだ。

殺気は滲んでいるが穏やかなものだ。体臭にも人を殺してきた人間が持つ特有の饐《す》えた感じがない。それでいて、気配の奥には鋭さを持っている。

この男は強い。工藤は思った。

神城や仁部の前に立った。何者かの気配も向かって左に感じる。

「工藤君、申し訳ない」

仁部の声がした。工藤の正面に立っている。向かって右には神城の匂いがした。

「そちらは？」

工藤は左に顔を向けた。

「わかるのか？」

仁部の驚く声がした。

「さすがですね」

何者かの声がする。柔らかく少しトーンの高い声だが、力強さも感じる。

「申し遅れました。私は当養成所の所長を務めております、本渡秋生と申します」

右手を伸ばしてくる気配がわかった。

工藤も右手を伸ばす。細い指が手の甲に絡んできて、握られる。殺し屋とは思えないきれいな手だった。

「とりあえず、部屋へ」

本渡が促す。

巽が左脇に来て、二の腕を握った。

「ご案内します」

その言葉に工藤がうなずく。

工藤の前を仁部たちが歩く。左右と背後に複数の気配が現われ、工藤を囲む。殺気が漂ってはいるが、それは工藤とは反対側に向いていた。ガードの者のようだ。

ドアを潜ると、とたんに外部の音が消えた。血なまぐさい臭いがムンと鼻腔を突く。気配も肌に刺すほどピリピリと尖った。

自然と工藤の気配も一段強くなる。

「工藤さん、ここは大丈夫ですから、リラックスしてください」

本渡が言った。

ちょっとした気配の変化も感じられるようだ。

「ありがとう」

工藤は礼を言ったが、警戒は解かなかった。

階段を降りていく。十三段。縁起の悪い数だとされているが、工藤には関係ない。殺し屋の中には縁起を担ぐ者もいるが、そうした決め事に縛られると、ルーティンが狂った瞬間、自分の身を危険にさらすことになる。

その場の状況を敏感に感じ取り、即座に対処する。それが、命を守る最善の策だ。

廊下に降りると、複数の視線が工藤に向けられていることを感じた。ほとんどは興味本位の敵意のない視線だが、その中に嫌気をまとった視線もある。

この視線を向けている者が異議を唱えた者、今回の〝敵〟となる者たちなのだろう。

工藤はその視線の気配に集中し、力量を測った。

神城や本渡の気配と、敵意ある視線の気配を比べる。弱くはないが、組織幹部たちほど強くもない。

敵には違いないが、各組織のリーダー格でもなさそうだ。

廊下を十メートルほど進み、立ち止まった。重そうなドアが開く。工藤はその中へ連れ込まれた。

ドアが閉まると、また外部の音が消えた。多くの視線や気配も遮断される。代わりに、別の気配が複数現われた。中には強い敵意を示す気配もある。

工藤は巽に促され、部屋の中央あたりに連れて行かれた。

「外していいぞ」

神城の声がした。

巽はポケットからナイフを出し、後ろ手に拘束したプラスチックカフを切った。

「目隠しを取ってください」

巽に促され、工藤は目隠しを取った。

ハイバックソファーの脇に立っていた。ＬＥＤの青白い天井照明の明かりに目を細める。少し離れた正面に仁部がいた。右横に神城を認める。左横のほっそりとした男が本渡か。その後ろに三人の壮年の男女がいて、さらにその後ろに七人の男女が並んでいた。

「お座りください」

仁部がソファーを指した。口調が敬語に変わっている。

工藤はソファーに腰かけ、ゆっくりともたれた。脚を組み、両手首を交互に握って回す。

「このたびの頭首に対しての数々の非礼、お許し願います」

頭を下げる仁部に、工藤がうなずく。

「まずは、新相談役から紹介させていただきます」

仁部が言う。

工藤は新相談役を頭首として承認したが、当人たちと対面するのは初めてだった。

「須子伸吉《すこのぶよし》氏」

仁部が老齢の紳士に目を向けた。

江戸茶色のジャカード織のジャケットを着て、ループタイをしている小柄な紳士だ。微笑んだ顔には皺が走り、好々爺《こうこうや》の風情を漂わせるが、細めた目の奥には底知れない迫力を滲ませている。

「須子氏は、長い間、政治家の秘書として渡り歩き、政界に通じている方です。隣は宇都宮倫《うつのみやりん》氏」

パンツスーツを着たショートヘアの壮年女性が一歩前に出て、手を前に組んだまま会釈をした。

「宇都宮氏は複数の大学で社会経済学を教えています。政府の学術会議にも参加していた方で、表裏の経済に通じています。その隣は成宮寿一氏」

腰回りを絞ったミラノラインのイタリア製スリーピーススーツを着こなす長身の壮年男性だ。

「成宮氏はＩＴ関連企業のコンサルタントをしていて、スタートアップ企業への投資も行なっています。新世代の事業や動静に明るい方です」

「お見知りおきを」

成宮は頭を下げた。

「相談役はこちらへ」

仁部が左側に手を指す。

相談役たちが左手に避けた。後ろに並んでいた七人の男女が揃って一歩前に出る。がっしりとした筋肉質の男もいれば、タトゥーやピアスで全身を飾っている者もいる。

女性も一見清楚な会社員にしか見えない者もいれば、スポーツジムのインストラクターのように体を絞っている者もいた。

「今回、あなたの頭首就任に異議を唱えた組織の者を代表して戦うことになったグループのリーダー七名です」

仁部が紹介する。

誰もが工藤を睨《にら》んでいた。あからさまな敵意を向けてくる者もいれば、早くも工藤のオーラに気圧《けお》されている者もいる。

「各人の紹介は、また後ほどということで。これで、今回の件の関係者が一堂に会したことになります。みなに集まってもらったのは、今一度、約束事を確認、徹底するためです。みなさん、お座りいただきたい」

仁部が言うと、ドアが開いた。

本渡の部下たちがソファーを運び入れる。工藤の前にソファーを半円形に並べ、向き合うようにセッティングする。

工藤の左右手前には、相談役用の一人掛けソファーが並べられた。

しっかり、監視しているということか。

わざわざ関係者が見ている前でソファーを運び入れる様を見せつけることで、本渡グループが隅々まで監視しているという事実を周知させた。

言葉で長々と説明しなくても、関係者全員に一発で認知させられる方策を取るあたり、本渡の力量が想像以上だということを匂わせる。

その空気感は、反目するグループの暴走抑止にもなる。

工藤は本渡を見つめた。本渡はうつむいて、うっすらと微笑んでいた。

仁部は工藤の右手に立って、工藤とグループリーダーたちを交互に見やった。

「まず、頭首には各フロア一グループずつ戦ってもらいます。各グループのリーダーは、自身が戦ってもいいし、グループ内から選抜した者を戦わせてもかまいません。人数は各フロア五人まで。フロアには非常階段があり、頭首がそこへたどり着いた時点で、頭首の勝利。非常階段へたどり着く前に頭首を戦闘不能に追い込めば、グループ側の勝利となります。頭首が勝利した場合、南端にある非常階段を使って、下の階へ降りていただきます。各グループの刺客を倒し、フロアを横断すれば、そのフロアの戦闘は終了。各階フロア北側にあるトレーナー室が頭首の宿泊所となり、そこからまた、フロアの戦いに挑んでもらうことになります。なお、戦闘時間外、頭首が就寝している間にトレーナー室へ攻め入ったグループは、組織から追放の上、一人残らず処分するのでそのつもりで」

仁部は淡々と語るが、声色は重厚だ。

組織を仕切るようになった仁部からは、かつての弱々しい雰囲気は消えていた。

「仁部さん」

大柄で筋肉質の男が右手を上げた。

「なんだ？」

仁部が見やる。

「我々も頭首に挑む以上、これ以上ないほどの本気で戦わせていただく。事前の通達で、戦闘不能となったところで戦いは終了、双方、相手を殺す必要はないと命じられているものの、止められず、もしくは事故で相手を死なせることがあるかもしれない。その場合でも組織のペナルティーはあるのか？」

やや不遜な口の利き方だ。

が、仁部は気にせず、答えた。

「フロアには、本渡君の部下をジャッジとして配置する。ジャッジが終了を伝えた時点で戦闘はやめてもらいたい。しかし、それが間に合わなかった場合、または不慮の事故であった場合は、ペナルティーは科さない」

「そうですか」

男がにやりとする。

「だが――」

仁部が語気を強める。

「君たちは事故を装って相手の命を殺《と》ることにも長けている。こちらが故意と認めた場合、ただちに戦闘中止を言い渡す。それでもやめない場合、君たちはここから出られなくなるということを承知しておいてもらいたい」

そう言い、男を見据えた。

男は笑みを引きつらせ、舌打ちをした。

「今回、こうした異例の措置を設けたのは、あくまでも頭首の実力を、君たち自身に感じてもらい、頭首たる器量を見極めてもらうためだ。頭首は受けて立つ必要のないことだが、組織のためならと引き受けてくださった。本来ならば、頭首の同意を経ず、組織として処分が下されかねない案件である」

仁部が反目するグループのリーダーたちを睥睨《へいげい》する。

誰もが顔を強ばらせた。

「無傷というわけにはいかんが、できれば、双方納得のいくところで収めてもらいたい。潰し合いは組織のためにならんからな。では、明日午前九時より開始する。諸君は、定められたフロアの控室で時が来るまで待機してもらいたい。食事等は、各フロアの責任者である本渡グループのトレーナーの指示に従うように。以上だ」

仁部が言う。

反目グループのリーダーたちが立ち上がろうとした。

その時、工藤が口を開いた。

「僕からもいいですか？」

工藤の声を聴き、室内の空気がぴりっと張り詰める。

神城が手で、リーダーたちに座るよう促した。リーダーたちは一様に浮かせた腰を下ろした。

「僕が、組織の現頭首・工藤雅彦だ」

工藤が言う。

室内の空気はさらに緊張感を増した。

「ここにいる者たちは、僕がどのような経緯で頭首となったか、知っていると思う。あるいは尾ひれの付いた噂を信じている者もいるだろう」

工藤は仁部や神城が画策したという噂のことを言った。

リーダーの中の三人がひくっと眉や頰を動かした。

「しかし、この期に及んでは、その経緯などどうでもいい。下の者に信頼のない頭首では組織がまとまるわけもない。僕は今回の戦いで、君たちを圧倒的な力でねじ伏せる」

工藤が目に力をこめる。睨み返してくる者もいれば、気圧されて、少し仰《の》け反るリーダーもいた。

「僕が君たちを倒し、このビルを生きたまま出た時は――」

工藤は両太腿に手を置き、背筋を伸ばした。

リーダーたちだけでなく、神城や本渡も今すぐにでも立ち上がれるよう腰を浮かせた。

「君たちが組織の中枢となって、二度と内紛が起こらないよう、相談役と協力して治めてほしい。僕からの頼みだ」

そう言い、深く頭を下げる。

リーダーたちや初見の相談役は、その態度に目を丸くした。

本渡はふうっと息をつき、腰を下ろす。神城は仁部と目を合わせ、微笑んだ。

仁部が全員を見渡す。

「本日はこれにて散会。ここからは公平を期し、疑念を抱かせないため、我々相談役は一切、頭首並びに各リーダーたちとは接触しない。すべての管理と段取りは本渡君に任せる。むろん、我々が別の場所でモニタリングしていることは忘れないでほしい。では、みな、明日からの戦いに備えてくれ」

仁部の話が終わる。

全員が立ち上がって工藤に一礼し、ぞろぞろと部屋を出て行く。

神城は本渡の二の腕を叩き、小声で言った。

「工藤を頼んだ」

本渡が首肯する。

工藤と本渡を残し、他の者全員が部屋を出て、ドアが閉じた。

工藤はドアが閉まると同時に、大きく息をついた。背もたれに深く背を預ける。

本渡が歩み寄った。

「工藤さん、驚きました。彼らに頭を下げるとは。いくら演技とはいえ――」

「演技じゃないよ。僕の本心だ」

「本当ですか？」

本渡が驚いて眉を上げる。

「僕が勝とうが負けようが、組織は彼らを必要とし、また彼らも組織を必要とする。この戦いが組織と彼らの間に禍根を残すものであってはならない。僕はね、絶対君主になりたいわけじゃないんだ。組織が相談役の集団指導体制の下、安定的にまとまっていてくれればそれでいい。そのためなら、僕一人が頭を下げるくらい、どうということではない」

工藤は話し、柔らかく微笑んだ。

本渡は笑みを浮かべ、深くうなずいた。

「あなたを殺させはしません。ベッドや食事を用意させます。今日はここでゆっくりと心身を休めてください。世話役には巽をあてがいますので、なんなりとお申し付けください」

「ありがとう」

工藤が言うと、本渡は深々と腰を折り、部屋から出て行った。

一人になって深呼吸をすると、体から急速に力が抜けた。尻も背中もソファーに沈む。

自分で思う以上に、気が張っていたようだ。

宙を眺めながら、戦う相手となるリーダーたちの顔や体つきを思い返した。

彼ら、彼女らは、殺し屋を束ねるだけあって、一筋縄ではいかない空気をまとった者ばかりだった。

しかし、工藤に対して激しい敵意があるようには感じなかった。

どちらかといえば、値踏みをしているような様子が強かった。

仁部が言うように、単に、工藤の頭首としての力量を測りたいだけなのかもしれない。であれば、どちらが倒されるにしても、大ごとにはならないだろう。

むしろ、工藤は新相談役の三人が気になっていた。

特に、今回の不満を拾ってきたという成宮には良い感じを持たなかった。

単に、初めてで警戒しているというバイアスがかかっていることもあるとは思う。

しかし、何かを企んでいるような気がしてならない。

根拠のない勘でしかないが、最終的に命を守るのは、理屈ではない心のざわつきだったりする。

巽が入ってきた。

「工藤さん、これからベッドと食卓を用意させていただきます」

「頼む」

工藤が言うと、巽は部下に指示をした。部下たちが次々と道具を運び込む。

巽が小走りで駆け寄ってきて、ソファーの脇に立った。

「私が直前までチェックした道具なので、ご安心ください。食事も工藤さんの目の前で毒見をさせますので」

「そこまでしなくていいよ」

「いいえ、本渡からそうするよう命じられていますもので。万が一があってはいけませんから。各フロアのトレーナー室の世話も、私がさせていただきます」

「ありがとう。よろしく」

「はい」

巽が直立する。

「そうだ、神城さんに連絡を取りたいんだが、どうすればいい？」

「相談役と直接会話することは禁じられています。私でよければ、伝令に走りますが」

「ありがとう。たいした用事じゃないんで、またの機会に直接話すよ」

「わかりました。他、何かご用は？」

「今はいい」

「承知しました。では、セッティングを進めます」

巽は礼をし、部下たちに指示を始めた。

神城に成宮を調べるよう伝えたかったが、やめた。本渡は味方だと思うが、どこに敵の目が潜んでいるかわからない。

今は誰にも気を許すな――。

工藤は巽たちの様子を見つめながら、自身に言い含めた。

# 第2章

## 1

翌日の朝を迎えた。

工藤はフロアの館内放送で目を覚ました。

壁に掛けられたデジタル時計を見る。午前七時三十分ちょうどを指している。窓がなく、外の様子が見えないため、これが本当に正しい時を刻んでいるのかはわからない。

ただ、疲労の回復具合から察するに七時間くらいは寝られたようだ。

ノックがし、寝室のドアが開いた。瞬時に神経が張り詰める。

「おはようございます」

巽だった。

「朝食のご用意ができました」

「ありがとう。すぐに行く」

「ウェアはクローゼットに用意してありますので、それをお使いください」

巽は言い、一礼してドアを閉めた。

大きく一つ伸びをして、ベッドを降りる。ベッド脇にあるクローゼットを開けた。

いくつかのウェアが用意されていた。

ランニングウェアのような薄いものもあれば、普通のジャージ、ジーンズにジャケットというカジュアルな服もあれば、作業服のようなつなぎ、軍服のような分厚い生地の服もある。

工藤はナイトウェアのまま、ドアを開いた。

「巽、ちょっと」

表にいた巽を呼び寄せる。巽が小走りで駆け寄ってきた。

「なんでしょう？」

「今日の相手は？」

「小松崎《こまつざき》グループの精鋭ですね」

「どんなグループだ？」

「武器は使わず、主に素手で仕留めるタイプのグループです」

「打撃か？」

「そうですね。柔術を使う者もいるようですが、小松崎をはじめ、ほとんどが打撃で相手を制し、とどめを刺すタイプです。仕込みナイフや銃などが使えない相手を殺す場合に依頼することが多いグループです」

「わかった。ありがとう」

礼を言い、寝室に戻る。

工藤はランニングウェアのような薄手の服を物色した。光沢のあるつるつるとしていて通気性のいい生地のものを選んで着込む。生地は工藤の体に張りつき、見事なまでの肉体のシルエットを浮かび上がらせた。

屈伸や柔軟運動をして、動きを確かめる。軽くパンチやキックをしてみる。突っ張らず、肌に擦れることもなく、快適だ。

両腕を上げて伸ばし、深呼吸をして、寝室を出た。

簡易リビングに置かれたテーブルには朝食が並べられていた。パンやごはんといった炭水化物もあれば、鶏の丸焼きもある。

巽が近づいてきた。

「ずいぶん、薄い服ですね」

「素手を得意とする者にはスピードで負けてはいけないからな。身軽で動きやすい方がいい」

「光沢があるものは狙われやすくないですか？」

「滑る素材は、打撃を受けても力を流しやすい。それに、生地の反射光がちらちらすれば、それだけ相手の気を削ぐことができる」

「なるほど。勉強になります。食事はどうされますか？」

巽が訊く。

「食パン一枚に鶏肉を薄く切って挟んでくれ。皮はいらない。バナナを一本。コーヒーを一杯。それと、ナッツがあれば、携帯できるようにして用意しておいてくれ」

「かしこまりました。すぐご用意しますので、こちらでお待ちください」

巽は椅子を指し、指示した食事の用意を始めた。

その様子を見ると、巽は工藤に食べさせる食材を少し摘んで口に入れている。

毒見か――。

警戒は解いていないが、管理監督を任されている本渡グループの面々は、一応、不測の事態に対処しようという姿勢は持っているようだ。

工藤のリクエストに応えた朝食をトレーに載せて戻ってきた。

「どうぞ。試技の開始は午前九時からとなります。アナウンスが流れたら、そちらのドアを開きますのでフロアに出てください」

巽は座っている工藤の右手にあるドアを指した。

殺し合いが試技か。工藤は内心、苦笑しつつ、耳を傾けた。

「時間までは、ここでどう過ごしていただいても結構です。では、私はドアの前で警備をしていますので、何かあればお声がけください」

巽は一礼し、右手のドアから出て行った。

工藤はゆっくりと食事を始めた。

とりあえず、午前中動けるだけのエネルギーが摂れればいい。

あまり食べ過ぎると、体が重くなり、動けなくなる。といって、ゼリー状のチャージドリンクだけでは、あっという間にエネルギーは切れてしまう。

咀嚼《そしゃく》できる物を口に入れてよく噛むと、体が覚める。消化中は胃に血液が集まるので一時間ほど体を休ませて、その後軽くウォーミングアップをし、全身に血液と熱量を運べば戦う体は仕上がる。

戦闘中、エネルギーが切れた時のことを考え、ナッツを用意した。少し足りないくらいの栄養素はナッツで十分。サプリメントもいいが、モノによっては携帯にかさばる。

工藤は食べながら、頭の中で戦闘シミュレーションをしていた。

敵の詳細なデータがないので、ガチガチのシミュレーションはできないものの、ぼんやりとでもイメージしておくことは大事だ。

人によっては、シミュレーションをすると臨機応変に動けなくなるからと、まったくの出たとこ勝負で挑む者も多いが、それだと、動き出しで思うように体が動かせずやられることも多い。

シミュレーションは、単に攻撃に備えるというより、いかなる状況になっても出だしから肉体が動くよう、全身の神経を起こす意味合いもある。

相手は五人までと決まっている。

工藤は一対一の戦闘から、二人相手、三人相手と人数を増やし、それぞれの戦い方を確かめていく。

一対一は問題ない。三人以上を相手にすることも難しくはない。

多人数で襲いかかられると困りそうだが、実は人数が多ければ多いほど、回避できる可能性は高くなる。

人が多くなると、相手は自分の味方を避けながら敵を攻めなければならなくなる。

連携が取れている相手なら手ごわいが、それでも三人以上となると、自分の動き次第で相手を利用しながら他の者が攻められない場所に身を置くこともできる。

それを続けていると、必ず連携に綻《ほころ》びが出てくる。そこが大きな隙となる。

一人倒せば、連携は崩れる。当然、敵は仲間が倒された時のことも考えているが、勢いは弱くなる。そうなれば、相手を制することはたやすい。

問題は一対二の局面だ。

二人だと連携は取りやすいし、倍の腕と足を相手にすることになる。

多少力が劣る相手でも、巧みな動きをされると、体力を削られることになる。

工藤はいろんな場面を想定しながら、食事を終えた。

寝室に戻って、ベッドに仰向けになる。食後は血液を消化に集中させるため、余裕があれば休んだ方がいい。

工藤は目を閉じた。大きく呼吸を繰り返し、高ぶった神経を少しクールダウンさせる。

シミュレーションもやめた。思考を止めて、フラットな状態を作っていく。

気負っていた指先の神経から、スッと力みが取れていくのを感じた。

三十分ほど休んで、起き上がった。八時四十分を回ったところだ。

十分に腹をこなした工藤は、ベッドから降りてウォーミングアップを始めた。

軽く柔軟運動をした後、シャドウを始める。目の前に敵がいることをイメージし、蹴りや突きを繰り出す。

筋肉の張りや関節の硬さを確かめ、ほぐしながら、シャドウを続ける。

うっすらと汗ばんできて、強ばっていた体が少しずつほぐれていく。

寝室を出て、飲み残したコーヒーを喉に流し込んだ。

と、チャイムが鳴り、アナウンスが流れた。

——第七フロア、戦闘を開始してください。

女性の声だった。

同時に、ドアが開く。

「工藤さん、お願いします」

巽がドアを押さえて脇に立つ。

工藤はゆっくりと息を吐き、ドア口へ歩いていった。

2

「いよいよだな……」

仁部がつぶやいた。

神城は仁部の右横の一人掛けソファーに腰を下ろし、目の前に並ぶ十二台のモニターを見つめていた。

ここは、トレーニングセンターの一階にあるビル全体の監視ルームだ。

本渡は、工藤の戦闘中、仁部や神城、他の相談役たちが見学できるよう、ソファーを設置した。ソファーの前にはテーブルがあり、飲み物が置かれている。

仁部の左には須子伸吉と宇都宮倫が、右には神城と成宮寿一が座っている。

時刻は午前九時三分前。工藤がウォーミングアップを終え、深呼吸をしているところだった。

「落ち着いてますな、頭首は」

須子が言った。

「しかし、だいぶ実戦からは遠ざかっているんでしょう？　大丈夫でしょうか」

成宮が漏らす。

神城は成宮に目を向けた。

「実戦感覚が鈍るのは、日頃の鍛錬を怠っているからです。頭首は常日頃から気を抜いていたことはない。大丈夫ですよ」

そう言い、微笑む。

「まあ、見てみるしかないですね」

宇都宮はさらっと言い、脚を組んでソファーに深くもたれた。

アナウンスが流れ、ドアが開く。

工藤がドアから外へ出た。

全員の視線がモニターに注がれた。

3

工藤が外に出ると、巽はドアを閉め、鍵をかけた。

「現時刻をもって、この控室には戻れません。この廊下をまっすぐ進んで、相手を制するか、非常階段にたどりつくか。工藤さんが生き残る術はそれだけです」

巽のトーンは重い。

工藤は顔を上げて、前方を見やった。

廊下はまっすぐ、非常階段のドアまで延びていた。左右にドアがある。トレーニングルームだろう。距離にして百メートル強といったところか。

円の中心にあたる部分には、直角に交わる通路もある。円形のフロアに十字の通路が走っている構造のようだ。

「他のフロアも同じ作りなのか？」

前方を見据えながら訊く。

「中央に十字のメイン通路があるのは同じですが、部屋割りが違っていて、その関係で細かな通路は各フロア違います」

「そうか。ありがとう」

工藤は言い、まっすぐ前を見据えた。

メイン通路の幅は四メートルほど。接近戦であれば、工藤を取り囲むのに十分な幅がある。

小松崎グループがどう出てくるか。頭の中でいくつかのシミュレーションをしながら、どう南端の非常階段へたどり着くかを考える。

そして、ゆっくりと歩を踏み出した。

気配を確かめつつ、前進する。ドアの前を通る時には特に神経が張り詰めた。

一つ、二つと部屋前のドアを通るが、何かが動く気配はない。しかし、前に進めば進むほど、殺気は増してきていた。

十字路に近づいた。手前で足を止める。

すると、向かって左の通路から、男が出てきた。

工藤は少し後退した。

それを合図に、十字路の南側の部屋のドアが開いた。二人、三人と男女が出てくる。

五人の男女が、非常階段までの通路に十メートル間隔で一列にずらりと並んだ。

一番奥に筋肉質の大柄な男が腕組みをして立っていた。

「工藤！　このグループの長、小松崎重郎《じゅうろう》だ！」

野太い声が壁にぶつかり響いた。まるで、猛獣の咆哮《ほうこう》だ。肌にびりびりと響いてくる。

気の弱い者なら、この一声で戦意を折られるだろう。

「小細工はせん！　俺の部下を倒して、ここまで来い！」

そう吠えると、最後尾に胡坐《あぐら》をかいて座り込んだ。

小松崎の部下もその場に座る。立っているのは先頭にいる者だけだった。

工藤はさらに気配を探った。

本気で言っているのか、油断させて襲ってくるつもりか。一フロア五人というルールはあるが、彼らがルールを守るという保証はない。

先頭の若者を見据えつつ、状況を確かめていると、いきなり男が間合いを詰めてきた。

鋭い左ジャブを放つ。

工藤は後ろに飛んで、避けた。

男は工藤を追うように向かってきた。左右にジグザグのステップを刻みながら、ジャブを二つ、三つと繰り出してくる。

工藤はさらに下がって、視界に男の全身を捉えた。

上半身はしっかりとしているが、脚は細い。顎下に軽く握った拳をあて、左腕を軽く曲げて顔の前に立てている。正面から見た時に、正中線は細く隙がなかった。

ボクサーか。

工藤は思った。

キックボクサーは蹴りを出しやすいように、少し体の中央を開き気味に構える。空手だと上下に突きを入れるため、ボクサーより若干構えが低くなる。ジャブの速さもボクサーならではの特徴だ。

とりあえず、倒すしかない。

工藤は両腕を曲げて前腕を立て、顔をガードした。背を丸めて懐を深くし、腕の隙間から相手の動きを探る。

パンチはなかなかの速さだが、見えないわけではない。

工藤は少し足を止めた。前腕でジャブを受ける。鋭いが重みはない。

すかさず、右フックが飛んできた。工藤はスウェーして拳をかわす。間、髪を容れず、左ストレートを伸ばしてくる。工藤はバックステップで後退し、距離を取った。

なるほど。工藤は胸のうちでうなずいた。

男はハードパンチャーではなく、スピードと手数で相手を倒すタイプだ。とはいえ、普通の相手なら、避けることも叶わず、ワン、ツー、スリーでとどめを刺すだろう。

工藤にしても、攻められ続けては体力を奪われ、すべての相手を倒す前にやられる。

体力を温存しながら、効率的に勝つことが必要になる。

工藤は少しずつ下がりながら、相手の攻撃をかわしていた。

が、突如、足を止めた。上体を前傾姿勢に変え、相手の懐に飛び込み、右のローキックを放つ。

男は膝を曲げ、左脚を上げ、脛《すね》でローキックを受け止めた。骨を打つ音が響き、二人が同時に離れ、間合いを取った。

キックの避け方も習得しているというわけか。

ならば――。

工藤はガードを固めて、再び、前傾姿勢で男に突っ込んだ。

男は刺すような視線で工藤を睨み、左ジャブを出して距離を取った。

工藤はジャブを避けるふりをして、少しだけ顔の前に立てていた右前腕を外へ開いた。

男がすかさず右ストレートを打ち込んでくる。

瞬間、工藤の体が沈んだ。しゃがみ込んで左の母趾球を支点にし、右脚を伸ばして回転する。

工藤の脛が男の両脚を払った。不意を突かれた男の両脚が跳ね上がった。宙で半分に折れ、背中から床に落ちてくる。

工藤は一回転し、立ち上がった。落下寸前の男の顔面に蹴りを入れようと、右脚を振り出す。

と、次に座っていた女性が立ち上がり、一気に間を詰めた。

工藤が放った蹴りを自分の右脚の蹴りで受け止める。軽く当たったところで、工藤は後退し、距離を取った。

細身の髪の長い女性だった。髪は後ろで一つに束ねている。手のひらを少し工藤の方に向けて、両腕を上げている。

両腕は防御のためのようだ。爪先に重心があり、フットワークは軽そうだ。切れ長の目で静かに工藤を見据えている。

倒れた男も起き上がろうとしていた。

工藤が仕掛けた。

女性は仲間の男を飛び越え、工藤の前に立った。瞬間、右ハイキックを飛ばしてきた。

工藤はダッキングして避けようとした。と、女性の膝から下が軌道を変え、上から打ち下ろすように工藤の顔面を狙ってきた。

工藤は顔の左側面に腕を立て、上体を足の方へ寄せた。鋭い鞭《むち》のような蹴りが腕に食い込む。

が、体を寄せた分、威力は減退した。

そのまま体で押し込み、脚をはね返す。女性はスッと後ろに飛び、すぐさま左ミドルキックを水平に振った。

工藤は腰を落として地を蹴り、後転した。立ち上がると、目の前に女性が迫っていた。

左右の蹴りを上下左右に打ち分ける。

テコンドーか。

工藤は蹴りをミリ単位の見切りでかわしながら思った。

初めに襲ってきた男も立ち上がっている。

一列に並んでいるとはいえ、簡単には進ませてくれないというわけか。

当たり前だと思う傍ら、このまま進めば、五人まとめて相手にすることになる。それは面倒だ。

確実に一殺――。

工藤は腰を落とした。

女性が右脚を振り上げ、踵を落とそうとする。

工藤の誘いだった。瞬間、工藤は女性の懐に飛び込んだ。

落ちてきた女性の太腿を右肩で受け止めた。女性の脚が上下に開いたままだ。

工藤は女性の股間に右のショートアッパーを打ち込んだ。

女性は目を剝《む》いて息を詰めた。股間は男女関係なく急所だ。動きが止まる。

工藤はそのまま女性の股間を拳で押し、持ち上げた。そして、後ろの男に投げつける。

後ろの男は女性の背中を受け止めた。そこに、工藤は飛び蹴りを喰らわせた。

女性の胸元を靴底で蹴り、そのまま押し込む。男は女性を抱いたまま、仰向けに倒れた。

着地と同時に、女性の顔面に右拳を叩き込んだ。女性の鼻腔から血が噴き出した。弾かれた女性の後頭部が男の顔に当たり、男は床で後頭部を強く打ちつけた。

男女は重なり合ったまま、気を失った。

すぐ、三人目の男がかかってきた。小柄な男だった。

男は手のひらを広げたまま顔の前に立て、腕を伸ばして突いたり、腕を振り回してガードの上から肌を打ったりして攻めてくる。

一見、平手で打っているだけのようだが、きっちり掌底を当ててくる。

掌底は思いのほか硬く、面積も広いので相手に当てやすい。また、手首を起こせば腕の直線上にあたるので、体重や威力がダイレクトに伝播する。

腰の入った掌底を打たれると、肉を通して骨にまで重みが響く。顎を打ち抜く際は、拳より掌底の方が効果的だ。掌底の骨は硬いため、相手を打っても拳のように痛める確率は少ない。

男は掌底のストレートやフックを次々と繰り出してくる。

めずらしいな。工藤は前腕で掌底を受けながら思った。

おそらく、骨法だ。護身術として知られていて、動きが少々滑稽に見えることから、あまり強さを知られていないが、防御と同時に攻撃も可能で、使い手となれば鼻先ほどの距離でも体軸を回転させて当身を打ち込み、一瞬で相手を伸《の》してしまうほどの威力を持つ。動きがコンパクトな分、距離を取る戦いには向かないが、射程圏内に入った時には気を抜けない危険な武術だ。

工藤は後退し、距離を取った。

男が止まった。オープンハンドで半身に構え、工藤を待ち受けている。

掌底で打たれた腕が痺《しび》れていた。

すごい技だな。

工藤は自分の身で、掌底の威力を実感した。

しかし、打ち込み方は普通の打撃と似ている。

ならば――。

工藤も男を見て、手のひらを開いた。右半身を切り、構える。

男の眼光が鋭くなった。真似をされ、気分を害しているのだろうか。怒気が滲む。

男が攻めてきた。先ほどまでの試し打ちのような動きではなく、一発一発が骨をへし折りそうなほど重い。

工藤は体をひねったり、手のひらで腕を弾いたりしながら、巧みなステップで男の攻撃をいなしていた。

傍ら、男の動きをじっと見ていた。

男は一見、平手を振り回しているように見える。が、よく観察すると、ただ振り回しているだけではない。

足をねじると、そのひねりが上半身に伝わり、まっすぐ立った体軸の回転に逆らわず、その円軌道上から腕が伸びてくる。

テコンドーが脚の鞭なら、骨法は腕の鞭を振るっているような動きだった。

男の攻撃を流しつつ、同じように体を動かす。すると、工藤の肩から力が抜け、上半身がスムーズに動き始めた。

攻撃をかわす上体の揺れ方はまるで柳で、ついさっきまで響いていた肌を打つ音が小さくなっている。

後退しながら防御に回っていた工藤がいきなり足を止めた。男の右の掌底を、右横にステップし、かわす。同時に右の足底をぐっと内側にひねった。

下半身から湧き上がる回転のまま、上半身をひねる。そして、その回転に逆らわず、腕を伸ばした。

軽く開いた手のひらの底が男の二の腕に当たった。瞬間、男は真横に弾かれた。

浮き上がるようによろけた男の体が壁に激突し、跳ね返る。

完璧だったガードが開き、前面に隙ができた。

工藤は左脚を踏み込んだ。爪先からひねって、左回転を加える。下半身から立ち上るトルネードが上半身を回転させた。

肩がスムーズに回り、腕が勝手に伸びる。そのままストレートの右掌底を男の胸元に打ち込んだ。

男の踵が浮いた。

体がレの字になり、後方へ飛ぶ。

四番目の女性の前に倒れていく。女性はあぐらをかいたまま、太い右腕を上げた。

水平に振る。女性の拳は小柄な男の左頬に食い込んだ。男の体が弾かれた。半回転して壁に顔を打ちつける。血がしぶいた。

男は血の筋を描き、壁づたいにずるずると落ち、うつぶせになって沈んだ。

女性が膝に右手を置いて、ゆらりと立ち上がった。

大柄の女性だった。肩から腕にかけて筋肉が盛り上がり、くびれた腹部はシャツの上からでもわかるほど割れている。太腿は競輪選手並みに太く、ヒラメ筋もくっきりと浮き上がっていた。

「余裕だね、あんた」

工藤を睨み下ろす。

「あいつの骨法は、格闘技経験者でもノーダメージで防ぐことは難しい。けど、あんたは、攻撃をかわしながら、骨法の技を体得しようとしてた。ここまでナメられたのは初めてだよ」

拳を握る。二の腕の力こぶが盛り上がる。

「容赦しないよ」

女性が地を蹴った。

体つきに似合わず、速い。工藤の前まで来たと思ったら、左フックを振った。

工藤はダッキングすると同時に、爪先で床を押し、屈んだままの体勢で後ろに飛んだ。すんでのところで、拳をかわす。風圧で工藤の髪の端が揺れた。

的を失った女性の拳が壁を打つ。拳は壁にめり込んだが、女性は何事もなかったように壁から拳を離した。

工藤は女性の拳を見た。基節骨の部分が黒く不自然に盛り上がっている。

仕込んでいるのか……。

拳の中に、硬いものを埋め込んでいるようだった。

しかし、重いであろう拳を自在に振り回せる肉体と、硬いものに負けない骨の強さは厄介だ。

一撃食らっても危ないな。

工藤は重心を爪先に乗せ、脇を絞って細く構え、素早く動ける体勢を作った。

## 4

大柄の女性は、ぶんぶん太い腕を振り回した。避けるのは造作ないが、圧はすごい。

一歩一歩踏み出し、通路を塞ぐように大ぶりのフックをぶん回してくる。

工藤は徐々に後退していた。

通路は長い。女性が疲れるまで避けきって、そこを襲うという手もあるが、時間をかけることは、工藤の体力を削ることにもなる。

まだ、小松崎が残っている。

大将を前にして、少しでも余力は残しておきたい。

工藤は下がりながら女性を見据え、攻めどころを探っていた。

少し立ち止まって、前蹴りを出してみた。

女性は下がらず、両前腕を立てて背中を丸め、腕で蹴りを受け止めた。瞬間腰を落とし、踏ん張る。

工藤の蹴りは撥《は》ね返された。そのまま後ろへ飛ぶ。

なるほど。

工藤は女性を見据えた。

ベタ足タイプで、フットワークはどちらかといえば重い。しかし、敵の攻撃を受け止めるだけの筋力と体幹は保持しているようだ。

この手の相手を倒すには、的確に急所を狙うしかない。

確実な急所は顔回り。特に目、鼻、耳、顎は狙い目だ。

が、当然、相手もそこを狙われることは想定しているだろう。

股間も急所だが、そこも難しい。膝蹴りやアッパーを叩き込もうと懐に飛び込んで摑まれば、逃げられない。中距離から蹴りで狙う手もあるが、脚を取られれば、これまた女性の腕でへし折られる可能性もある。

工藤は肩越しに後ろを一瞥した。倒した男女がそのまま転がっている。距離は確認した。

時折、女性に、遠距離から蹴りや突きを放つ。当然、当たらない。が、それでいい。

女性は工藤が手を出すと、必ず、前に攻め入ってきていた。

しばらく固めた拳でパンチを繰り出していた工藤は、手を広げた。見よう見真似の骨法で女性を攻めてみる。

女性は腕を上げて、工藤の平手を受けていた。

腕の隙間から覗く女性の目が吊り上がってきた。

付け焼刃の技で攻められ、相当苛立っているようだ。

工藤はじりじりと押し下げられた。はたから見れば、工藤が攻めあぐんで劣勢に回っているように映るだろう。

女性も、工藤の後退が続いていることで、大振りがひどくなってきている。怒りが女性の攻撃を雑にさせていた。

工藤は、倒した男女の手前まで下がった。

目の端に二人の影が映る。

工藤は上げた踵を少し女性の体に引っかけた。そのまま後ろに倒れるふりをして、よろよろと大きく下がる。

女性はここぞとばかりに突進してきた。

工藤はよろけたふりをして、後ろにバタバタと下がった。

十字通路の交差まで来た。

女性は猪のように突っ込んできた。

走りながら伸ばした女性の拳が、工藤の眼前に迫った。

瞬間、右脇の通路に飛び込んだ。

的を失った女性の拳が空を切る。前のめりになった体が工藤の脇を過ぎる。

女性は立ち止まった。背後に強烈な殺気を感じ、鳥肌が立った。振り返ろうとする。目の端に工藤の姿が映る。

その時、女性の後頭部に鋭い衝撃が走った。全身が痺れ、動けなくなる。

突き出た工藤の右中指の第二関節が、女性の後頭部のくぼみにめり込んでいた。

工藤は右腕を引いて、右拳を固めた。そして、腰を入れ、渾身の力で後頭部を打ち抜く。

女性は双眸《そうぼう》を見開いた。

大きな体が前のめりに倒れた。両手足が動かず、顔からフロアに叩きつけられる。前歯と鼻骨が折れ、血が四散した。

工藤は頭を踏みつけた。頭部がバウンドし、女性は白目を剥いて沈んだ。

## 5

「誘い込んだというわけですか」

モニターを見ていた須子がつぶやいた。

「やられるかと思いましたわ」

宇都宮倫が言う。

「あの女性の拳には、何か硬い物が仕込まれていた。一撃を食らっても危ない。真っ向から殴り合うのは危険と判断し、押されるふうを装って後退し、十字路で相手をかわして背後を取り、鍛えられない後頭部の神経が集中しているところを打ち抜いて、一発で勝負を決めた。というところですか？」

成宮が神城を見やる。

「よくご覧になっていますね。その通りです。さらに言うと、頭首は相手が誘いに乗るよう仕掛けています」

「あの、平手でぱしぱしと叩いていたのも仕掛けなのか？」

仁部が訊いた。

神城は仁部に顔を向けてうなずいた。

「あれは、骨法の真似です。彼女は、真剣勝負の場で、骨法もどきの技を出され、かなり怒っていました。その怒りが冷静さを削ぎ、感覚を狂わせた」

「わざと怒らせたというわけですか」

須子が言う。

「そうです。普通は彼女もそんな挑発には乗らないのでしょうが、頭首を倒すという至上命令を前にして、かなり緊張していたものと思われます。極度の緊張状態の中、頭首に仕掛けられ、冷静さを失ったのでしょう」

「殺し合いの中で、そこまで計算しているものなんですか?」

成宮が訊いた。

「それが殺し屋です」

神城がサングラスの下から見つめる。

成宮は息を飲んだ。

「そろそろ動きだしたようね」

倫が言う。

全員の目がモニターに向いた。

## 6

工藤は女性を倒し、通路の最奥にいる小松崎を見据えた。

「お見事!」

小松崎は壁を揺るがすような大声で言い、ゆっくりと立ち上がった。

倒した女性も大きかったが、小松崎はさらに一回り大きい。小松崎は腕を組んで仁王立ちし、工藤を待ち構えていた。

工藤が歩き始めた。

「うちの精鋭の特徴を瞬時に見極め対処する判断力と身体能力。特に、最後のリラの倒し方は実に見事」

小松崎は工藤を見ながら、話し続ける。リラというのは大柄の女性のことのようだ。

「言葉でなく、技術で相手を誘い込み、自分に有利な状況にもっていって、急所を一撃で狙う。さすがだと言わざるを得ん」

近づくほどに、小松崎の声量の圧を感じる。

「だが、わしは違うぞ。うちの精鋭が持っているすべての長所を備えている。挑発にも乗らん。心して、かかってこい」

腕を解き、自然体で立つ。

肌を刺すような殺気が湧き上がる。

工藤の体毛が逆立つ。

五メートル手前で足を止めた。小松崎を睨む。息が詰まりそうな殺気にあてられ、眉間に刻まれた縦じわが深くなる。

ただ立っているだけなのに、隙がない。攻め手を脳裏で組み立てるが、どれも反撃に遭い、自分がやられる図しか出てこない。

困ったな……。

「ほら、どうした。頭首たる者が臆したか?」

小松崎は失笑した。

「こんな男が頭首とは情けない」

言葉を重ねる。

「おまえの親父もたいしたことなかったんだろうな」

左の口角を上げた。

父を侮辱され、腹の底から怒りが湧いてきて、一瞬、頭の中が白む。が、そのあと、スッと感情や思考が引いた。

体も頭も軽くなり、指の先までひんやりとした感覚で満たされる。

眉間に刻まれていた縦じわもなくなり、涼しげな表情になっている。

小松崎の顔から笑みが消えた。

「挑発には乗ってこんか……」

小松崎は軽く拳を握った。

工藤は両腕を下げ、正対していた。

自分でも不思議なくらい、落ち着いていた。

攻め手を考えていた頭はどこかに飛んだ。静かな佇《たたず》まいで、ただ小松崎の気配を感じているだけ。

ミントを注入したように、神経の末端までがスッとして、小松崎の呼吸で揺らぐ空気の流れまで感じられるようになってきている。

この感覚……。

工藤の脳裏に、過去の様々な戦いがよぎる。

強敵と対峙し、絶体絶命の場面に追い込まれた時に覚える感覚だ。

普段は意識していなかったが、小松崎と対峙し、初めて自覚した。

小松崎は両手をゆっくりと握ったり開いたりしている。顔つきは険しくなり、今にも襲いかかりそうだ。が、動かない。

額にはうっすらと汗まで滲んでいる。

工藤は小松崎の全身を見つめ、すべての気配を感じていた。

# 7

「おや、止まりましたな」

モニター室で須子が言った。

「今すぐにでも、小松崎が襲いかかるか、頭首が攻めるか、という感じだったのに」

須子は腕組みをした。

「圧されてますね」

成宮が言う。

「頭首が？」

倫が訊いた。

「いえ、小松崎さんがです。そうですね、神城さん」

「よくわかっていらっしゃる。その通り、頭首が圧倒し始めています」

神城はモニターを見つめた。

「気迫なら、小松崎君の方がすごいように思えたが」

仁部がつぶやいた。

「確かに、はたから見ると、小松崎が圧倒しているように映ります。声も迫力ありますしね。しかし今、小松崎には余裕がなくなっている。頭首の気配を感じたからだと思います」

「どんな気配なの？」

倫が訊いた。

「口で説明するのは難しいのですが。たとえるなら、森の深くにある澄んだ湖の奥に潜む竜と対峙しているという感覚でしょうか。目を離して動いた瞬間、食い殺されるような気配を感じていると思います、小松崎は」

「とても、そんな雰囲気を持った青年とは思えませんでしたがな」

須子が言う。

「普段は、彼もそうした気配はまといません。私は何度か、頭首と修羅場を経験していますが、窮地に追い込まれると、彼の中のスイッチが切り替わるのではないかと思います。そうなったときの頭首は本当に強い」

神城の言葉に、誰もが息を飲む。

「本渡さん」

神城が声をかけた。

「はい」

「止める準備をしておいてください。頭首を」

神城が本渡を見つめた。

「わかりました」

本渡はすぐスマートフォンを取り、部屋の隅に行った。

# 8

なんなんだ、こりゃあ……。

小松崎は自分の変化に戸惑っていた。

様々な敵と対峙した。素手でありながら、銃を持った十人の敵と渡り合ったこともある。

格闘技のチャンピオンとも命をかけて拳を交わしたこともあった。

いずれも、ひりひりするほどの緊張感と多少の恐怖感、それを凌駕《りょうが》する高揚感を覚え、興奮した。

いろんな感情が体内を巡ったものの、体が動かなくなるほどの威圧を感じたことはない。

しかし、今、小松崎は気圧《けお》されていた。

目の前にいる男は中肉中背の細身の男だ。多少の気迫は感じたものの、メンバーとの戦いぶりを見ても、クレバーだが圧倒される強さは感じなかった。

が、父親の話を出した瞬間、気配が変わった。

初めは激しい怒りを感じた。そこまでは予定通りだった。

本気で怒らせ、工藤の実力を引き出したうえで叩きのめし、自分の力を見せつけてやろうと思っていた。

ところが、怒りを感じたのは一瞬だった。

その後、波が引くようにすうっと怒りの気配が消え、静寂が工藤を包んだ。そして、その奥から薄ら寒い殺気がじわりと染み出してきた。

冷気をまとったような殺気は、やがて工藤の全身を覆い、漂いながら巨大化していく。

触れようと手を伸ばした瞬間、腕を切り落とされそうなほどの殺気だ。

これが、頭首か……。

小松崎は生唾を飲み込んだ。

いつの間にか、顔は汗にまみれていた。過呼吸かと思うほど、息継ぎも速く、荒くなってくる。鼓動が耳管にまで響いていた。

攻め手が見つからない。というか、どう攻めても一瞬で命を絶たれそうだ。

こんな気配は初めてだった。

とはいえ、このまま睨み合っていても仕方がない。

小松崎は自身を鼓舞するように、両の拳を握り締めた。高揚と恐怖で身震いする。

「うおおおおっ！」

小松崎は、工藤の殺気を吹き飛ばさんとするかのように咆哮した。

フロアの空気が震える。

そして、意を決し、地を蹴った。

## 9

工藤は小松崎の動揺を感じていた。

小松崎の呼吸、動悸、汗、指先の震えまで感じられる。

とても静かだった。多少、空調のモーターの音が聞こえるだけ。それも風の音のように聞こえていた。

灰白色の壁と床は、雲の中のように映っている。

その雲の中に違和感のある巨大なバルーンが揺れている。そんなふうに、小松崎の姿が見えていた。

この感覚、何度か感じたことがある。

横浜にあった養成所で最終試験に臨んだ時、小暮と対峙した時、徳丸岳人と戦った時も似たような感覚を覚えた。

いわゆる、ゾーンと呼ばれるものなのか。

そう思っていたが、自覚できるようになると、はたしてそうなのか、確信は持てない。

ただ、この状態に入ると、相手がよくわかる。見えるというより、感覚的にわかるといった感じだ。

今、小松崎の意識は両拳にある。そこだけがぼんやりと赤みがかっている。

赤みがかった意識が頭部と心臓付近にも表われた。気配が揺れる。

来る――。

工藤の細胞が囁《ささや》いた。

小松崎の咆哮が轟《とどろ》いた。両腕が燃えるように赤くなる。

脚が赤みを増し、小松崎の気配が押し出されるように迫ってきた。

右の腕がより赤みを増した。

工藤はダッキングした。小松崎の右ストレートが頭頂を掠める。

小松崎の脇腹が白んでいる。工藤は身を屈めたまま、腰をひねり、右ボディーフックを叩き込む。小松崎の左脇腹を抉った。

柔らかい肉にふわっとめり込む感覚が拳に伝わる。

小松崎は呻き、身を捩《よじ》った。強引に左アッパーを放つ。

工藤は背を反らして後ろに飛び退いた。

小松崎が両前腕を顔の前に立て、背を丸めた。亀のようにガードを固める。両脚が白んだ。

工藤はすぐに踏み込み、右のローキックを膝横に向けて放った。

小松崎が左脚を上げ、脛で蹴りを受け止める。工藤は右膝を折り曲げ、片足立ちのままハイキックを放った。

小松崎の左二の腕を打つ。二度、三度と速い蹴りを二の腕に当てる。肉を打つ音が響く。

工藤の蹴りが速く、小松崎はガードを固めたまま動けない。
左脚を下ろした。工藤はその機を逃さず、膝下から軌道を変え、上から小松崎の膝脇に蹴りを打ち下ろそうとする。

小松崎は再び、左脚を上げた。

瞬間、工藤は片足で屈んだ。地面すれすれに右脚を回す。

工藤の脛が小松崎の右脚のふくらはぎを払った。

足をすくわれた小松崎の巨体が浮き上がった。空中で体を右に傾け、右腕のガードを解く。地面に落ちる寸前、右前腕で床を叩き、受け身を取った。

少しだけ、体が開く。小松崎の左脇腹に工藤の左爪先がめり込んだ。

小松崎が呻いた。顔が苦痛に歪む。小松崎は真横に三回転がった。距離を取って、立ち上がる。

が、左脇腹の痛みで、上体が左に傾く。右肘でガードしていた右脇腹が開いた。

工藤がすぐ目の前に迫っていた。上体が左に回転している。

しまった！

小松崎は左拳で工藤の顔面を狙った。

だが、それより早く、工藤の左フックが右脇上腹部にめり込んだ。

「ぐえええ」

小松崎は目を剝いて、呻きを放った。右膝が折れ、体が傾く。

レバーブローだ。この場所にまともにパンチを食らえば、どんなに鍛えた大男でも絶望的なダメージを食らう。

息ができない。体を起こそうにも重く激しい痛みが走り、体が反射的に丸まる。何より、あまりに切なくつらい痛みは、メンタルにダメージを与える。
ガードが下がった。両膝が折れ、巨体が沈む。
工藤は前蹴りを放った。靴底が小松崎の顔面を捉えた。膝を伸ばす。
小松崎の巨体が後方に飛び、転がった。
工藤は小松崎が仰向けになる位置を見極め、飛び上がった。
右脚の踵で金的を狙う。
小松崎は気配を察し、両膝を閉じ、脚を腹部に巻きつけようとした。
工藤の脚はその膝先をすり抜け、鳩尾《みぞおち》に落ちた。下部の肋骨が軋む。
カッと双眸を見開いた小松崎の口から、血が混じった胃液が噴き出した。
工藤が再び、右膝を引き上げる。とどめを刺そうとした。
その時、館内にアナウンスが響いた。
——ストップ！　それまでです！
本渡の声だった。
工藤は脚を止めた。
「殺《や》れよ」
小松崎が血にまみれた口を開く。

「俺の負けだ。殺れ」

下から工藤を見上げる。戦意は喪失していた。

トレーナー室に待機していた本渡の部下が、工藤と小松崎の下へ駆け寄ってきた。

「殺れよ、工藤！」

小松崎が怒鳴った。

本渡の部下たちが一瞬怯《ひる》む。

工藤はふっと微笑んだ。まとっていた冷たい殺気がすうっと消える。

「負けを認めたなら、あなたの命は僕のものだ。死ぬことは許さん。組織の下で働いてもらう」

そう言い、顔を上げる。

巽が駆け寄ってきた。

「小松崎氏以下、倒れている者は医務室へ運ぶように」

巽は部下に命じた。

「工藤さん、こちらです」

背中に手を当て、トレーナー室へ促そうとする。

小松崎が工藤の脚をつかんだ。

現場の空気が緊張し、殺気立つ。が、小松崎に戦意はない。

工藤は右手を上げて、本渡の部下たちを止めた。

「なんだ？」

「おまえ……いや、頭首はどこで技を磨いたんですか」

敬語になっていた。

「どこでだろう？　戦ううちに身に付いたとしか言いようがないんだけど」

そう言い、笑顔を覗かせる。

すると、小松崎は笑いだした。小さな笑い声は徐々に大きくなる。手を離した小松崎は大の字になって、天井を仰いだ。

「なるほど。うちの頭首は格闘センスの塊というわけか。そりゃ、俺ごときじゃ敵わねえ」

しばし笑い、ゆっくりと手をついて上体を起こした。

正座をし、両手をつく。

「数々の非礼、お許しください。小松崎重郎とその仲間一同、頭首の下、一丸となって組織のためにすべてをささげることをここに誓わせていただきます」

そう言うと、床に額をこすりつけるほど深々と頭を下げた。

小松崎の言葉を聞いていた彼の仲間も、息を継ぎながら起き上がって正座をし、同じように頭を下げる。

「ありがとう。期待しています」

工藤は一同を見渡し、笑顔を向け、巽と共に同フロアのトレーナー室へ戻った。

空いている椅子を見つけ、腰を下ろす。座った途端、全身にずしりと重みを感じ、肩を落とした。大きく息をつく。

巽はタオルを差し出した。工藤は背を丸めてうなだれたまま受け取った。

「何か、飲まれますか？」

巽が訊く。

「冷えたスポーツドリンクを」

「かしこまりました」

巽は部屋の奥にある冷蔵庫に駆け寄った。中からキンキンに冷えたペットボトルを取り、工藤の下に戻ってくる。

「どうぞ」

「ありがとう」

ふたを開け、喉に流し込む。

もう一度、大きく息をついて、ようやく上体を起こして背もたれに背中を預けた。

「いや、それにしても驚きました。あの小松崎氏の攻撃を一つも食らうことなく倒してしまうとは。小松崎氏が一方的にやられたなんて話など、ただの一度も聞いたことがありません」

「運がよかっただけですよ」

「運では勝てない相手です。私もモニター越しに見させていただいていましたが、小松崎氏の攻撃はおろか、わずかな動きまで先取りして動いていたように映りました。このような戦い方は見たことがありません。下手な言い方かもしれませんが、まるで超能力者かと思ったほどです」

「超能力があれば、ありがたいね」

笑いながら、汗を拭く。

「超能力は冗談です。忘れてください。では、一時間ほどこちらで休んでいてください。その後、階下のトレーナー室へご案内しますので」

そう言って一礼し、巽は部屋を出た。

工藤は巽を見送り、椅子にもたれ直した。

「超能力か……」

独り言《ご》ち、微笑む。

巽の驚きはわかる。

何より、工藤自身がこの完璧なまでの戦いに驚いている。

小松崎はともかく、彼の部下にはなんとか勝てるのではないかと思っていた。が、無傷で済むとも思っていなかった。

今後のことを考えると、できれば深手を負いたくないとは思っていたが、無傷はできすぎだ。

覚醒状態に入った時、何も考えず、体が動いていた。脳からの指令というより、細胞一つ一つが意思を持ったように動いていた。

感じたことのある感覚だったが、以前よりその感覚が強い気がした。

そして、気がつけば小松崎が床に倒れていて、自分はとどめを刺そうとしていた。

アナウンスが流れなければ、小松崎の心臓を踏み潰していただろう。

最初のフロアを乗り切ったことはうれしい。しかし、同時に、自分の中に潜んでいる冷淡な何かが少々気持ち悪い。

数々の戦闘をこなしたせいで根付いた習性なのか、あるいは、自分でも気づいていなかった本性なのか……。

これから先、この〝自分の中にある何か〟と向き合っていくことになる。

工藤は宙を見つめ、ペットボトルを握り締めた。

## 10

モニター室にいた相談役の面々は、誰一人言葉を発しなかった。

あまりにすごい工藤の戦いぶりを目にし、圧倒されていた。

「神城君……工藤君、いや、頭首はこれほどまでに強かったのか？」

しばらくして、仁部が口を開いた。

「そうですね」

答えたものの、神城も内心驚いていた。

工藤が強いことは知っている。急場になればなるほど、力を発揮するところも見てきた。

とはいえ、組織のグループの精鋭を相手に無傷でしのげるほどの力を持っているとも思っていなかった。

何が起こっている……？

「いやあ、本当にすごいものを見せてもらいました。画面から伝わる気迫で、息をするのもつらく、疲れました。仁部さん、部屋へ戻ってもよろしいか？」

須子は訊きながら背中を伸ばした。

「ええ、今日はもう終わりですので」

仁部が言うと、須子はゆっくりと立ち上がった。

「では、私も」

倫が立ち上がる。

「私も失礼します」

成宮も席を立ち、三人そろって、モニター室を出て行った。

「宿泊施設まで送ります」

本渡は言い、一礼して、三人を追うように部屋を出た。

神城と仁部は、三人を見送った。

ドアが閉まる。

仁部が息をついた。神城を見やる。

「神城君。工藤君はどうしたんだ？　彼が強いのは知っていたが、人の感情をかき消したような冷たい殺気を放って戦っているところは見たことがない。こういう一面もあるのか？」

「殺し合いですから、そうした空気をまとうことはありますが、ここまでのものは私も初めて遭遇しました」

「これが工藤雅彦なのか？」

仁部が訊く。

「わかりません」

神城は答え、フロアを片付ける様子を映すモニターをサングラスの奥から見つめた。

# 第3章

## 1

工藤は目を開けた。トレーナー室には窓がない。昼夜が判別できないが、壁にかかった時計で時間を確認した。

午前六時三十分。八時間近くは寝ている。

簡易ベッドに仰向けになったまま、体の状態を探る。

昨夜、たんぱく質やアミノ酸中心の食事を摂り、ストレッチをして、酸素カプセルに入ったせいで、肉体疲労は取れていた。

手指や足首を動かしてみる。重くもなければ、軽くもない。普段通りだ。

ただ、少し気になる部分があった。

昨日の小松崎グループとの戦いで、致命的な打撃を受けることはなかったが、それなりに打たれてはいる。当然、腕や脚、胴体にはダメージを負っているはず。

だが、まったく痛みを感じない。

強い力で肉体を打たれると、筋繊維や皮膚、毛細血管が破壊される。それらが回復する際、痛みが出るのは当然の身体反応だ。

しかし、それがない。

体を軽く揺すってみる。打撃を受けたあたりに違和感はない。

右手を回して、左前腕を握ってみる。やはり、痛みはない。掛け布団から腕を出し、見てみる。痣はあるが、痛みは感じなかった。

ゆっくりと起き上がり、ベッドから降りる。軽く屈伸運動したり、ストレッチをしてみたりするが、体に軋みはなかった。

ブリーフ一枚になり、脛や太腿に目を向ける。心なしか、自分が受けた打撃の強度にしては痣が小さいような気もする。

「回復力が上がっているということか……？」

つぶやく。

ドアが開いた。

「おはようございます」

巽が顔を覗かせた。

早朝だというのに、きっちりとスーツに身を包んでいる。

「お早いですね。眠れましたか？」

笑顔で歩み寄ってくる。

「ああ、おかげさんでね」

工藤はベッドに放ったナイトガウンを羽織った。

「朝食はいかがいたしましょうか？」

「昨日と同じメニューでいい」

「かしこまりました」

一礼して下がろうとする。

「巽、今日の相手は？」

「藤田《ふじた》グループですね。ナイフの使い手が集まったチームです」

「ナイフか。俺も刃物を持ってもかまわないのか？」

「ルール上は問題ありません。おっしゃっていただければ、お望みの道具を揃えますが」

「そうだな……」

工藤は少し思案した。

ナイフの使い方は養成所時代に習得した。しばらく使っていないとはいえ、戦いが始まればすぐに勘は取り戻すだろう。

とはいえ、生半可に使っては、相手に隙を与えるだけ。

「いや、刃物はいい」

「素手で戦うおつもりで？」

「俺はそっちの方が得意だからな。もちろん、相手から奪った武器は使うけど」

「冷静ながら漲《みなぎ》る自信。感服します」

「自信があるわけじゃないよ。クレアチンはあるか？」

「ありますが」

「百ミリリットルくらいのアミノ酸ドリンクにクレアチンの粉末を溶かして用意しておいてくれ。携帯しやすい容器でな。同じものを朝食時にも二百ミリリットルほど用意しておいてくれ」

工藤が指示をする。

クレアチンはアミノ酸の一種で、筋肉が収縮する際のエネルギーとなるアデノシン三リン酸の再生に使われる栄養素だ。

これを摂取すると、体内に蓄えられ、高強度のトレーニングや運動時にパフォーマンスを向上させてくれる。

即効性もあるので、飲んで数十秒で効果が実感できる代物だ。

刃物使いと戦う際、最も重要なのはフットワーク。瞬時の見切りに足腰がついていかなければ、数ミリの差で致命傷を負わされることもある。

戦いの中での疲労を即座に解消する策は取っておきたかった。

「なるほど。わかりました」

巽も工藤の指示を理解したようで、微笑んで首肯し、部屋を出た。

一人になった工藤はクローゼットに歩み寄った。開けて、服を確認する。

刃物から身を守るには、厚手の服がいい。しかし、あまり分厚い生地の服を着ると、動きが制限され、重さが体力を奪う。

一人、二人を相手にするならそれもいいが、手練《てだ》れ五人相手となると、わずか百グラムの重さの違いが命取りとなることもある。

といって、薄手の服では切られたらおしまいだ。

工藤は下は伸縮性のある革のパンツを選んだ。上着を探していた時、クローゼットの奥に腕用のプロテクターを見つけた。

硬質プラスチックで、腕の外側にだけ装着できるよう、ベルトが付いている。

工藤はそれを着けてみた。三カ所あるベルトを締め、腕に馴染ませる。動かしてみると、肘や手首の可動域は邪魔しない。

「いろいろあるもんだな」

あらゆる状況を想定しての品揃えは、さすがだと感心する。

工藤はインナーを身に着け、上に少し大きめのデニム地のワイシャツを着た。デニム地は繊維が太く強い。大きめのものであれば、関節域を圧迫せず動けるし、膨らんだ部分が刃を避けるガードにもなる。

少々ちぐはぐな上下だが、戦いを前に、格好など気にしていられない。

その戦闘に合えばいい。

服を着替えて、リビングに出ると、朝食が用意されていた。

昨日と同じく、簡単に食べられて、たんぱく質と糖質が摂れるものと、クレアチンのドリンクだ。

工藤はさっそく食べ始めた。

巽が端をちぎって口に入れ、毒見を済ませる。

時計を見た。まだ七時になったばかりだ。戦闘開始までは二時間近くある。

少しゆっくり食事を始める。

昨日はやはり緊張していたせいか、食べ物の味もあまり感じなかった。

が、今日はよくわかる。

コーヒーを含んだ。ちょっと薬っぽい味がする癖のあるコーヒーだった。

「これは、どこのコーヒーだ？」

巽に訊く。

「ブレンドです。何かおかしいですか？」

巽の表情が険しくなる。

「あ、いや、普通のコーヒーの味とは少し違うんでな」

「すみません。すぐに取り替えます」

巽がソーサーごとカップを取ろうとした。

「大丈夫だ。俺の舌が緊張で狂っているのかもしれない」

「いえ、万が一のことがあれば、大問題ですから。他の食品も全部取り替えますので、体を休めていてください」

巽は言うと、部下を呼んだ。

テーブルに並べられた食事が次々と運び出される。

工藤は大仰な扱いに苦笑した。

## 2

仁部はモニター室に入った。

「おはようございます」

声をかける。

他の相談役と本渡がすでに顔を揃えていた。

「みなさん、お早いですな」

笑顔を向け、真ん中の椅子に腰を下ろした。

複数のモニターに、フロアの様子や控室での工藤の様子が映し出されている。

「頭首も早起きだな」

仁部がつぶやく。

「変わった様子は？」

首を傾け、背後に立つ本渡を見上げた。

「特にはありません。寝起き、少し自分の体の状態を探っているような感じは見られましたが、問題ないようです」

話していると、須子が声を漏らした。

「おや？　どうしましたかな？」

モニターを見つめる。

相談役たちの目も一斉にモニターに向いた。

工藤と巽がなにやら話し、工藤が立ち上がった。巽が部下に指示をし、テーブルの上を片付け始める。

「どうしたんだ？」

神城の眉間に皺が立つ。

「確認してみます」

本渡が部屋の端に行った。スマートフォンを出して、電話をかける。

モニターの向こうで、巽が電話に出る姿が映った。

「何があった？　うん……ああ。そういうことか。いや、取り替えてくれ」

本渡は手短に確認し、電話を切った。

「どうしたんです？」

成宮が訊く。

「頭首が、コーヒーの味がおかしいと訴えたようで、用意した食事をすべて交換しているとのことです」

「味がおかしいって。何か入れられたってことかしら?」

宇都宮倫が本渡を見やる。

「そうではないと思いますが……」

「ちょっと、下げた食事をここへ持ってきてもらえないか」

神城が言った。

「疑っているわけではないが、問題がないかどうかを確かめるのも私たちの役目だからな」

「私もいただこう」

仁部が言う。

「みなさんもどうですか?」

他の三人を見やる。

「僕もいただきます」

成宮が同意する。

「わしは味音痴なんでね。やめとくよ」

須子が笑う。

「私も結構ですわ」

倫は素っ気なく言った。

「では、私と神城君、成宮君の三人分を用意してくれ」

「かしこまりました」

本渡はすぐさま巽に連絡を入れた。

「よく、危ないものを食べられますわね。相談役って、そこまでしないといけないんですか？　なんだか聞いていた話と違うんですけど」

倫が仁部を見据える。

「いやいや、強制でも義務でもありません。気になったことを確かめるだけなので、拒否していただいてかまいません」

仁部は微笑んで答えた。

まもなく、巽の部下がワンプレートに取り分けた料理とコーヒーをワゴンに載せて持ってきた。

本渡が指示をし、仁部、神城、成宮の前に箸を添えたプレートが置かれる。

三人とも、まずコーヒーカップを手に取った。同じように匂いを確かめ、口に含む。

「どうですか？」

本渡が訊いた。

「うん……僕はおかしいとは思いませんが」

成宮は答え、仁部と神城に目を向けた。

「私も特に変わっているとは感じない」

仁部が神城を見やる。本渡や倫、須子の目も神城に向いている。

「どうだ？」

仁部が訊いた。

神城は含んだコーヒーを舌で転がし、時折、鼻に香りを抜いて、こくりと飲み干した。

本渡の方を見やる。

「おいしいコーヒーだ」

神城が言うと、本渡は安堵の表情を覗かせた。

「変わらんですか」

須子が神城に訊く。

「ええ、普通のコーヒーです」

「なぜ、頭首は味が違うと言ったんでしょうね？」

倫が誰に訊くともなしに訊いた。

本渡が答える。

「味覚というのはデリケートなものです。ちょっとしたストレスで特定の味が感じられなくなって、いつも口にしていたものの味まで変わって感じてしまう。頭首は今、非日常の緊張の中にいます。それで、味覚が変わった可能性はあります」

「凄まじいストレスですもんね。僕には到底、理解できないものなんでしょうが」

成宮が言った。

「本渡さんの言う通りだが、一応、確認したい。本渡さん、あとで厨房を見せてもらってもよろしいですか？」

神城が訊く。

「かまいません」

「気を悪くしないでください」

「いえ、それも相談役の務めでしょうから。もしよければ、これからご案内しましょうか？　まだ、戦闘開始までは二時間弱ありますから」

「そうだね。気になる点はスッキリさせておいた方がいい。私も行こう」

仁部が言う。

「僕も付き合わせてもらいます」

成宮が言った。

「宇都宮さんと須子さんは、いかがいたしますか？」

本渡が訊いた。

「私も一度見ておこうかしら。こんなことが何度もあったら困るし」

倫が言った。

「みなさんが見て、わしだけ見てないというのは具合悪いですからな。行きますか」

須子はゆっくりと腰を上げた。

他の相談役も立ち上がる。

「では、先に済ませましょう。調理室はこのフロアにありますから、すぐに終わります。どうぞ」

本渡がドアを開ける。

相談役の面々は、ぞろぞろとモニター室を出た。

# 3

調理室は、モニター室と同じフロアの南端にあった。ゆっくり歩いて、五分ほどの距離だ。

本渡がドアを開ける。消毒スペースがあった。

その奥にもう一枚、ドアがある。

「ここで、消毒液のエアロゾルを浴びる規則となっていますので、面倒かけますがお願いします」

本渡が言う。

待機していた部下が、相談役の面々にビニールエプロンとキャップ、マスクを渡した。

「わしは呼吸器官が弱いんだが」

須子が言った。

「大丈夫です。噴霧するのは次亜塩素酸ナトリウムを希釈したものではなく、うちに設置した厚労省承認の電解槽で作ったものですから、問題はありません。気になるようでしたら、専用のマスクを用意しますが」

「それを頼む」

「私にもくださらない？　次亜塩素酸水については、いろいろと噂も聞くから」

倫が言う。

「わかりました。他の方はどうですか？」

神城たちを見やる。

「私はいい」

仁部が言う。

「私もいらんよ」

「僕も大丈夫です」

神城と成宮が答えた。

本渡は部下を見てうなずく。部下はすぐにガスマスクを用意し、須子と倫に渡した。

二人がガスマスクを装着した。

相談役たちは全身を包むビニールエプロンに袖を通して、キャップを被った。

「何か、赤いランプが点滅していますが？」

成宮が天井左端を見上げた。確かに、小さな赤色回転灯様のものが瞬いている。

「ああ、あれは、X線を照射しているサインです。ここを通る時、調理室の従業員が余計なものを持ち込んでいないかもチェックするのです」

「毎日、X線を浴びさせているわけ？　怖いわね」

　倫が言う。

「わずかな量なので、問題ありません。それに、X線による検査は、毎日行なっているというわけではありません。通常は、金属探知機や手動による検査を実施しています。今は、みなさんゲストですし、金属類などを取る必要はないので、X線で調べさせてもらいました。持ち込んではいけないものもありますので」

「結果は？」

　成宮が訊いた。

「別室でチェックしている担当者からの合図があります」

　ランプを手で指した。成宮や相談役たちが見上げる。

　赤く点滅していたランプが緑色に変わった。

「問題ないという判定です」

「なるほど」

　須子が大きくうなずく。

　本渡は微笑み、言った。

「では、次亜塩素酸水を噴霧します」

声をかけ、壁にあるボタンを押した。

天井から霧状の次亜塩素酸水が噴霧される。臭いも刺激もない。霧雨を浴びているような感覚だけだ。

十秒ほどで消毒が終わった。

「では、みなさん、お渡ししたマスクをしてください。宇都宮さんと須子さんも、ガスマスクは外して、先ほどの普通のマスクに替えてください」

本渡が言う。

倫と須子は、普通の不織布マスクに付け替えた。

本渡が自身のＩＤカードをリーダーにかざす。と、二枚目のドアが左右に開いた。

中からは調理器具が鳴る音と共に、香ばしい匂いがふわっと漂ってきた。

「厳重ですね」

成宮が言う。

「一応、裏稼業の厨房なので、万が一を考慮しています」

本渡は答え、相談役たちを中へ案内した。

調理室には、仁部たちと同じ格好をした調理担当者が黙々と食事を作っていた。

「ここで毎日、トレーナーから研修生までの食事をすべてまかなっています。調理されたものは、私の部下が毒見をした上で、決められた者が責任を持って、各フロアに届けます。料理や食器の搬出入は専用エレベーターで各フロアまで上げ下げし、各フロアの担当者が給仕することになっています」

本渡は調理カウンターの奥にある小型のエレベーターを目で指した。

食材の搬入方法や、業者、調理人のチェック方法を語りながら、奥へと進む。

神城は最後方で少し離れて歩きながら、全体を見回していた。

調理の様子に不審な点はない。それぞれがそれぞれの持ち場で、淡々と仕事をしている。食材の管理庫にも入る。厳重なＩＤチェックと品質管理がなされていて、ここにも不審な点は見当たらない。

食材をすり替えるとすれば、管理庫へ搬入する前しかないが、管理庫へ入れた後に細かく品質をチェックするので、異常があれば即座にわかり、廃棄される。

コーヒー豆や調味料もしかり。異常が見つかれば廃棄されるし、業者も変えるという。

もし、すり替えたり、異物を混入する隙があるとすれば、調理室のスタッフが個別に持ち込んだ何かを混ぜるといったことも考えられる。

同じ疑問を持った仁部が、本渡にそれを問うた。

本渡は、スタッフの衣服はポケットの付いていないもので、入室時に本渡直属の管理者がIDカードのパスケースや衣服内をチェックしているという。

その言葉に嘘はないだろう。

消毒室でのチェックもかなり厳重だった。

ただ、それでも、X線検査をしない日に下着や体に隠されて持ち込まれることは否定できないという。

それもまた、正直な言葉だと思った。

ここで働くスタッフも、養成所で殺し屋研修を受けた者たちだ。厳重な警戒網を掻《か》い潜る術は心得ている。

巧妙に策を講じられれば、本渡とて見破るのは難しいだろう。

異物を持ち込む隙は、どれほど厳重に警戒してもあるというわけだ。

だが、目的は……？

相談役と共に回りながら、神城は頭の片隅で考えていた。

最も考えられる目的は、工藤に一服盛って弱らせることだろう。

いずれかのグループが工藤を倒せば、反主流派の急先鋒に立った自分たちが組織の覇権を握ることができる。

下克上を果たすには、またとない千載一遇のチャンスだ。

彼らを仕切っている者がいるならば、その何者かが手引きしている可能性もある。

神城はさりげなく相談役たちを一瞥する。

仁部は神城と共に、先代の長老から組織を引き継いだ主流派で、工藤の後見人でもある。実質、現組織を仕切っている二人なので、工藤を潰す必要はない。

須子は、先代長老とも面識がある。ただ、宇都宮倫、成宮同様、どういう経緯で組織の相談役に推薦されたか、仔細は知らない。

相談役の選定には、仁部に加えて、当局関係者、有力政治家、裏社会の相談役などが関わっている。彼らが一堂に会して話し合い、須子、倫、成宮を選んだ。その中には、仁部推薦の神城もいる。

そして、顔も見たことのない〝実力者〟たちの承認を経て、仁部も含めた五人が組織の相談役に就任した。

このプロセスは、組織の設立当時から決まっているものだと、仁部に説明された。

仁部は、長老時代までの相談役選定のプロセスを知る唯一の人物だ。

本来は、頭首が引き継がれる際、頭首だけに教えられるものなのだが、工藤が頭首となった経緯が異例だったため、仁部がルートを通じて各所に連絡を取り、段取りを整えた。

工藤を潰したい者は、その中にいるのかもしれないが、それを探る術は、今のところない。

もう一つの可能性として、単に、工藤の頭首就任をおもしろくなく思っている者が、勝手な行動を取ったというものだ。

組織といえど、誰もが納得して、頭首に従っているわけではない。

頭首に心酔している者もいれば、組織に属することの損得勘定で従ったふりをしている者もいる。

さらには、ただただ工藤が頭首でいることに嫉妬心を覚え、逆恨みしている者もいるだろう。

人数が多いだけに、信じがたい構成員がいてもおかしくはない。

なんらかの目的をもって策を弄する者より、個人的感情で走る跳ね返りの方が厄介だ。

自分の思いだけで走る人物に胸の内を隠されると、気づきようがない。周囲に愚痴を垂れているといったような兆候があればまだしも、完全な思い込みの単独行動だと、察知できない。

相談役たちは本渡と共に調理室を一周し、出入口まで戻ってきた。

「だいたいこんなところですが、いかがですか？」

本渡が相談役を見回す。

「特に、妙なところはなかったと思うが」

仁部が言う。

「というか、むしろ、厳重すぎるくらいでしたわね」

倫が胸下で腕を組んだ。

「わしも問題はなかったとみたがね。どうだ、成宮君？」

須子が成宮を見る。

「そうですね。本渡さんがおっしゃったように、ところどころ懸念される部分はあるものの、これだけの対策を施していれば、そうそう軽率な真似はできないと思います」

成宮は神城を見やった。

神城は本渡に顔を向けた。

「私の意見もみなさんと同様です。ただ、疑いは払拭しておきたいので、申し訳ないが、本渡さん。ここで働いている者たちの履歴を全員分もらえませんか？」

「どうされるおつもりで？」

「うちの者に調べさせます。再度申し上げますが、本渡さんを疑っているわけではありません。セカンドオピニオンのようなものと捉えていただきたい」

神城がサングラスの下から本渡を見据える。

本渡は気負いなく見返していた。

「承知しました。すぐ名簿にして、データをお渡しします」

「そこまでする必要があるの？」

倫が訊く。

神城は倫を見やった。

「先生も社会経済学の教授であればおわかりいただけると思いますが、仮説には第三者による検証が必要です。そこで問題なければよし。問題があれば分析して修正する。統計手法と同じことをしようとしているだけですが、気になることでもおありですか？」

じっと倫を見つめる。

「そんなこと、あなたに言われなくてもわかっています。お好きになされば？」

倫は不快感をあらわにし、そっぽを向いた。

神城はしばし倫の様子を見つめ、本渡に顔を戻した。

「ということで、本渡さん。手数かけますがそのようにお願いします」

「承知しました。ではみなさん、モニター室へ戻りましょう」

本渡が先導する。

倫や須子、成宮が本渡に続いて出て行く。

仁部が神城の前をよぎる際、目を向けた。神城は仁部に小さくうなずいて見せた。

4

工藤は巽が取り替えた食事を摂り、体を休めた。朝食の際に接取したクレアチンが程よく効いてきたのか、体は軽い。

寝室でスパーリングをしていると、開始のアナウンスが流れた。

寝室を出る。フロアに出るドアの前で、巽が待っていた。

ゆっくりと歩み寄る。

「体調はどうですか？」

「問題ない」

「これ、用意しておきました」

巽が少し湾曲した四角い銀色の水筒を差し出した。

「チタン製のスキットルです。クレアチンドリンクを入れておきました。携帯用のベルトもどうぞ」

「ありがとう」

工藤はベルトを受け取り、腰に巻いた。右の臀部《でんぶ》上側にスキットルを挟む。

湾曲した部分が腰と尻の曲線にピタリと収まる。軽く動いてみるが、重さも気にならず、動きもジャマしない。

「行きますか？」

巽が訊く。

工藤はうなずいた。

巽がドアを開ける。隙間から殺気が流れ込んできた。

工藤はドアの向こうを見据えた。

気配を探りつつ、隙間から滑り出る。

と、いきなり眼前に何かが迫ってきた。

工藤はとっさに屈んだ。頭上を何かが通り過ぎ、背後の壁にあたって金属音を立てた。

足下に転がってきたものを見る。

グリップの付いていないナイフだった。

「投げナイフか」

工藤は立ち上がって通路に顔を向けた。

複数のナイフが天井のライトを受けて煌《きら》めく。工藤の全身を狙ってきていた。

工藤は軌道を読み、右壁に飛んで背を貼りつけた。工藤の残像をいくつものナイフが抉る。的を失ったナイフが壁や床に当たって撥ね、金属音を響かせた。

ナイフの軌道から、敵の位置を推察する。右手前のドアが少し開いていた。

「あそこか」

工藤は右肩が擦れるくらい壁に寄り、走った。ドアが閉まっていく。

それを見て、工藤は瞬時に左壁に横移動した。相手にはドアが死角となり、工藤の姿が消えたように映るはず。

はたして、右の部屋にいる敵が少しドアを開いた。

工藤は駆け寄り、ドアの隙間に右足を入れた。隙間に立つ敵と目が合った。

すぐさましゃがみ、相手の脛を右足底で蹴る。強い打撃ではない。が、触れられたことに相手は驚き、反射的に後ろに飛び退いた。

ドアを開き、前転して、中へ入る。何もない部屋だった。明かりは落とされている。ドアロから差し込む光だけが、一筋、フロアを照らしている。

右手で音がした。差し込む光にナイフが光る。

工藤はもう一度前に飛んで転がり、壁際で立ち上がった。

目の前に人影が現われた。ナイフの切っ先が下から上に振り上げられる。工藤は腹をひっこめ、仰け反った。はためいたデニムのシャツの端がチッと音を立て、切れた。

人影は上げた右腕を振り下ろした。刃が工藤の頰から首を狙う。

工藤は掌底で人影の胸元を突いた。同時に壁沿いを大きく右横に動いた。

人影が平行移動してくる。

工藤は足を止め、正面から相手の懐に入ろうとした。ナイフが光る。

顔の前に両前腕を立てた。甲を外に向けている。

ナイフの使い手と戦う時、防御の際は決して腕の内側を向けてはいけない。手首の動脈を切られれば、そこでジ・エンドだからだ。

人影は後退しながら、ナイフを8の字に振った。デニムの袖が切れ、下のアームガードに当たり、音を立てる。

それに気づいた人影が、一瞬、動きを止めた。わずかポイント数秒程度の間だ。

工藤は逃さなかった。

右脚を踏み込み、至近距離から右肘を振った。相手の左頰に右肘がめり込んだ。頰を押す反動を利用して、相手の懐から右に移動する。腹部のあったところに、ナイフを握った相手の右手が伸びてきていた。

弾かれた人影は、壁にぶつかった。反動で上半身が跳ね返る。工藤は音のした方向に前蹴りを放った。相手が工藤に向き直ろうとし、体を正面に向けたタイミングで、足底が鳩尾にめり込んだ。

呻き声が漏れた。背中から壁にぶつかった。息を詰めて、両膝を落とす。

工藤は前蹴りを放った右脚を振り上げた。そのまま踵を落とす。

鈍い音がした。相手の体がずんと沈む。手に持っていたナイフが床に落ち、カランと音を立てた。

工藤はドア口へ歩み寄り、明かりを点けた。

黒いタイトなつなぎを着た細身の男が、両脚を伸ばして壁にもたれ、うなだれていた。口と鼻から垂れる血が、ぽたぽたと胸元から腹部に落ちる。

工藤は気配を探りつつ、男に近づいた。

意識は失っていた。

つなぎの上半身を半分ほどずらし、袖を抜いて、腕ごと縛る。床に寝かせて、服の上から所持している武器を探る。

腰回りの帯革に投げナイフと細い刃のナイフが装着されていた。袖の裏には仕込みナイフ。両脚のふくらはぎにホルダーが取り付けられていて、大きなサバイバルナイフが入れられていた。

靴を取ってみる。踵で床を叩くと、爪先と踵から仕込みナイフが出てきた。

「ずいぶんと仕込んでいるな」

つぶやく。

他の者たちも同程度、あるいはこれ以上の数を衣服に仕込んでいる可能性もある。囲まれると厄介だ。

「一気に突破するしかないか」

工藤はクレアチンドリンクを半分ほど飲んだ。

ナイフで男のつなぎの左脚部分を切って、男をうつぶせに返し、両手首を拘束した。起き上がって背後から攻められては面倒だからだ。

その後、男が足に着けていたサバイバルナイフのホルダーを取り、ベルトの左右にぶら下げる。投げナイフを抜いて、三本ずつ、両手に収めた。

「さて、行くか」

自分を鼓舞し、立ち上がる。

ドンと胸が打った。心臓が弾けそうなほどの強烈な鼓動に、頭がクラッとする。

なんだ……？

動悸が激しくなり、壁に拳をついた。

少しして、動悸が治まってくる。体が熱い。背筋を伸ばして、周囲を見やる。心なしか、視野が広がったような気がする。

指を動かしてみた。関節を少し曲げるだけで、筋肉のすべてが連動するような感覚を覚える。

工藤は帯革に下げたスキットルを手に取った。

こいつか……？

キャップを開けて、嗅いでみる。アミノ酸ドリンクにクレアチンを混ぜているだけなので、柑橘系の匂いしかしない。

口に含んでみるが、酸味のある味だけが口内に広がる。

特におかしなところはない。

首を傾げ、スキットルをベルトのホルダーに戻す。

「気にしすぎか？」

自嘲するようにつぶやく。

ともかく、今はこのフロアを抜けることだけを考えよう。

工藤は気持ちを切り替え、落とした投げナイフを拾って手のひらに収め、ゆっくりとドアを開いた。

# 5

通路に出ると、二人の男が行く手を塞ぐように立っていた。

黒いタイトなつなぎは倒した男と同じ格好だが、二人とも頭にバンダナを巻いていた。

そして、二人は両手にナイフを持っている。猫の爪のような形をしたものだ。

「カランビットか……」

工藤はつぶやいた。

カランビットナイフは、東南アジア地域に広く伝わる伝統格闘技〝シラット〟で使われるものだ。

インドネシアでは〝プンチャック〟と呼ばれ、国技にもなっている。

シラットは、軽いフットワークで相手に打撃を加えることはもちろん、相手の攻撃を巧みにかわすと同時に関節を取って相手を制し、素手やナイフで的確に急所を狙い、とどめを刺す。

特徴的なのは、まるで、東南アジアの伝統舞踊を踊っているような手の使い方だ。相手の攻撃をゆらゆらくねくねとした柔らかい動きでかわすと同時に、するりと相手の関節を取り、バランスを崩させて落とし、締め上げる。

相手がしまったと思った時にはすでに遅く、急所を抉られ、絶命する。

打撃から投げ技、絞め技まであり、武器攻撃もある。

一瞬たりとも気を抜けない相手だった。

工藤は自然体で構えた。シラットの攻撃をかわすには、フットワークが必要だ。慣れないナイフを持って動くより、いつものスタイルで戦う方が勝機はある。

対峙する二人は、片腕を前に出し、軽く腰を落とした。左右対称で、二人の間に鏡を置いているようだ。

連携慣れしているのだろう。

二人の肩がぴくっと動くのがわかった。

二人がまさに踏み出そうとした時、工藤は向かって右側の男に両手に持ったナイフを下手で投げた。

右側の男が止まった。左側の男は止まらず突っ込んでくる。が、出だしから連携が崩れたことで、出足が遅れた。

工藤は左側の男に走った。顔の前で両前腕をハの字に立てる。脇は開いている。胸元から腹部は無防備に開いているように見えた。

男は指に引っかけたカランビットをくるっと回し、刃先を前に向けた。突き出し、心臓を狙ってくる。

遅いな。試しているのか?

工藤は伸びてきた男の右腕を左手のひらで払った。中心を狙っていた腕の軌道が工藤の右外に逸れる。男の上体が前のめりになる。

工藤は腰をひねって、右掌底を男の顔面に打ち込んだ。男は鼻頭にまともに掌底を食らった。

腰をひねり切り、腕を伸ばす。男は後方に吹っ飛んだ。尻から落ち、後方に三回転してうつぶせになる。

廊下には血の筋が延びていた。その先にいる男は、うつぶせになったまま起き上がらない。肩や足がひくひくと痙攣《けいれん》していた。

右側から攻めてこようとした男は立ち止まり、距離を取った。

なんだ、今のは……?

工藤は右手のひらを見つめた。

軽く撫でただけのような掌底。自分ではただ顔を押しただけのように思えた。

しかし、一撃で相手は沈んでいる。

「どうなってる？」

自分の反応に、工藤は戸惑った。

もう一人の男が動いた。気配を感じ取ったのかと思ったが、違う。揺らいだ男の影を目が捉えていた。

男は工藤の右側から大振りのフックのようにナイフを振ってきた。

工藤はうつむいたまま男に踏み込み、右腕の側面で男の左腕を受けた。

男は工藤の右腕を支点にして、地面を蹴った。下半身が浮く。そして、左の蹴りを工藤の後頭部に放ってきた。

工藤は真下にしゃがみこんだ。上目遣いに頭上を見る。

左脚を伸ばした男が工藤の頭の上で、水平に回転していた。

それは映画のワンシーンのようにスローモーで、バレリーノが舞っているように優雅だ。

だが、隙だらけでもある。

工藤は立ち上がると同時に、男の股間を右拳で突き上げた。

男は股間にファウルカップを着けていた。基節骨が当たり、カッと音を立てる。

工藤は伸び上がるように右腕を伸ばし切った。

ファウルカップが割れた。宙で二回転した男は、頭から廊下に落ちた。歯が砕け、血糊と共に四散する。

男もまたうつぶせに倒れた。少し上がった尻がぴくぴくと小刻みに震える。股間から流れた血がつなぎの布から滴った。

おかしい……。

工藤はまた自分の右拳を見つめ、立ち尽くした。

## 6

「勝負にならないじゃないの」

モニター室で戦闘を見ていた倫が、退屈そうに椅子にもたれ、あくびをした。

「本当ですね。これほどまでにすごいのですか、頭首は……」

成宮はあまりに圧倒的な工藤の戦いを目の当たりにし、息を飲んだ。

「これは、見るまでもないですな」

須子が立ち上がった。

「どちらへ？」

　本渡が訊ねる。

「少々疲れたので、部屋へ戻ってもよろしいかな」

「私もいいかしら」

　倫も腰を上げる。

「一応、相談役の方々には、最後まで確認していただくことになっているのですが」

　本渡が弱り顔で仁部を見やる。

　仁部は上体を傾けて、二人に目を向けた。

「いていただけませんか？」

　丁寧に言い、須子と倫を見やる。

　須子が返す。

「お三方が確認するからいいでしょう。前回の小松崎グループとの戦いも圧倒的だったが、今回はさらに頭首と藤田グループの面々との力の差は歴然。息詰まる死闘を見たいわけではありませんがね。大人が子供を嬲《なぶ》り殺す様子を長々と見せつけられるのも耐えられん」

「須子さんのおっしゃる通り。こんな茶番を見せつけて組織をまとめようなんて、悪趣味ですわ」

倫が胸下に腕を巻き、仁部を見下ろす。

仁部はため息をついた。

「わかりました。お二方はどうぞ、退室なさってください」

渋々了承する。

「ですが、二点だけ。戻ったら、自室で何をされていても結構ですが、部屋からは一歩も出ないでください。不正を疑われては意味がありませんから。もう一点、明日の朝は必ず、時間通りにこちらへいらしてください。それは相談役の義務ですから。拒否するようですと、相談役の入れ替えも検討せざるを得ない事態になってしまいます。その際は、お二方が相談役を外れても、常に我々の監視下に置かれることを覚悟しておいてください」

仁部が二人を交互に見つめる。

「わしゃ、戻って寝るだけなんでな」

須子はとぼけた表情を見せる。

「私も別に。大学の仕事はしてもかまわないんですよね？」

「デスクワークだけでしたら。外部との連絡はご遠慮願います」

「わかってるわよ」

倫が不服そうに口角を下げた。

「念のために、宿泊所には本渡君の部下を見張りとして付けさせていただきますが、これも、何かあった時に、お二人にあらぬ疑いがかからないため。お気を悪くなさらんでください」

仁部が念を押し、

「本渡君、お二人をお送りして」

命じた。

本渡は須子、倫と共に部屋を出た。

「君も見ていたくなければ、宿泊所に戻ってもかまわんよ」

仁部は成宮を見た。

「いえ、僕は最後まで見させていただきます。頭首がどういう人物なのか、しかと確かめておきたいので」

成宮の返事に、仁部は深くうなずいた。

神城は、仁部たちのやりとりは一切無視して、モニターを凝視していた。

工藤が通路の中央で立ち尽くしている姿を見つめている。

「神城さん。頭首の強さの秘密は何なのですか？」

成宮が訊いた。

「工藤……頭首の強さを語るとすれば、運命を自らの手で切り拓こうとする思いかもしれないな。頭首は流されない。自身が進むべき道を見出せば、迷いなく、その道を突き進む。どんな障害も撥ね返しながらね」

神城はモニターを見たまま言う。

「それはすごい精神力ですね。その比類なき精神力が、あのような常人とは思えない動きを生み出すのですね」

「まあ、そうだな」

神城は返したが、歯切れが悪い。

仁部は神城を一瞥した。

「残り二人のうちの一人が出てきました」

成宮が言う。

仁部は神城をもう一度見やった後、モニターに目を向ける。仁部は目を見開いた。

「藤田君じゃないか」

「グループのリーダーですか？　もう一人と共に攻めるつもりでしょうか？」

成宮が訊く。

神城が口を開いた。

「いや、グループリーダーにもプライドがある。どんな手を使っても潰せばいいと思っている者は、この場に立たないだろう」

「どういうことだ？　一人残して、自ら攻め入るつもりか？」

仁部が言う。

「さあ……。事態を見守るしかありません」

モニターを見つめる神城の眉間に縦じわが立っていた。

7

工藤が立ち尽くしていると、足音が近づいてきた。

顔を上げる。

背の高い男が歩み寄ってきていた。逆三角形の胸板や割れた腹筋が、黒いタイトなつなぎに浮かび上がる。

静かな足取りだが、上体はまったく揺らがない。体幹が強い証拠だろう。

目は細く、唇は薄い。鼻も小さくて、肌は青白い。しかし、その涼し気な顔にまとった殺気は、倒した三人とは比較にならないほどの圧があった。

男は、工藤の三メートルほど前で立ち止まった。

「頭首。私が藤田グループのリーダー、藤田一幸《かずゆき》です」

名を名乗る。

「戦いを拝見しました。認めたくはありませんが、私では敵いません」

「戦う前から負けを認めるのか？」

工藤は藤田を見つめた。

藤田はふっと笑みを浮かべた。

「私も組織で頭を張ってきた人間です。力の差を素直に認められなければ、ここまで生き残ってはいません」

「だが、仕事となれば退くわけにはいかないだろう？」

「ええ。仕事であれば、倒す方策を案じます。その時は、複数で網を張ることもいといません」

「だったら、残りの一人と組んで二人でかかってくればいい」

「それも考えたんですが」

藤田が苦笑する。

「どうシミュレーションしても、勝てないんですよね。こんなことは初めてです」

そう言い、頭を掻く。

「なので、一つお願いしたいことがあります」

「なんだ？」

「仲間を、それもうちの精鋭をこれ以上潰されたくありません。負けは認めますので、残った一人は無傷で解放してくれませんか？」

「それはいい。僕も身内同士、無駄な血は流したくない。しかし、残りは君も含めて二人のはず。君はどうするんだ？」

「私は仮にもリーダーです。戦わずして、あなたの下に付くことはできない」

腰に右手を回す。

藤田がナイフを引き抜いた。銀色のまっすぐなブレードのナイフだ。刃渡りは二十センチほどか。ブレードバック、峰の部分はのこぎり状になっている。

「ランドールM18アタックサバイバルナイフ。通称、ランボーナイフと言われるものの基となった軍用ナイフです」

藤田は右手と左手に何度も持ち替えた。

「私の愛用しているものです。これまで、どれだけの血を吸ってきたかわかりません」

右手に収め、ハンドルを握る。

「頭首が今、腰にぶら下げているものは、ジャングルキングというサバイバルナイフ。NATO軍にも採用されたナイフです。それで、私と戦ってください」

「必要ないだろう。刃物で戦えば、間違えば死ぬぞ」

「むろん、その覚悟です。私が負けた時はそのナイフで心臓を抉ってください」

藤田の気迫が増した。

工藤はホルダーのストッパーを外し、ナイフを抜き出した。

ずしりと重みを感じる。

藤田がにやりとした。瞬間、突っ込んできた。

切っ先を突き出す。

工藤はとっさに手首を振り、ブレードの側面で、藤田のナイフの側面を弾いた。

藤田は手の中でくるりとハンドルを回して持ち替え、逆手に握り、水平に振って頸動脈を狙ってきた。

工藤はナイフを上げ、ブレードバックで刃を受けた。ブレードが擦れ、金切音と火花が立つ。

工藤は藤田の刃を押し離し、後退した。

藤田の左手が腰に回った。下手に振る。別のナイフが胸元に飛んできた。

工藤は藤田と正対していた。胸元が開いている。

まずい！

そう思った時、急に投げられたナイフのスピードが落ちた。はるか上空を飛ぶ航空機を見ているようだ。

工藤はナイフを振り上げた。

ブレードバックが飛んできたナイフを撥ね上げた。回転したナイフが天井に突き刺さる。

藤田が迫ってきていた。

が、まるで歩いているように映る。

藤田は右脚を大きく踏み出し、工藤の目を狙って、切っ先を突き出した。

工藤は仰け反りながら、振り上げた右腕を下ろした。藤田の手首に刃を落とす。藤田の肌に刃が触れた瞬間、屈みながらナイフを真下に引いた。

悲鳴が聞こえた。屈んだ工藤の顔に鮮血が降りかかる。

藤田の右手から、ナイフがこぼれた。

目の前に左脚があった。工藤は藤田のアキレス腱を切り裂いた。

ブツッと太いゴムが切れるような音がした。

藤田は絶叫し、片膝をついた。両手で左脚を押さえ、痛みに体を震わせる。

工藤は息をついて、立ち上がった。ナイフを後方に投げ捨て、藤田に歩み寄る。

「大丈夫か？」

藤田が顔を上げた。顔面中に脂汗が噴き出していた。

「まだ……終わってませんよ……」

声を絞り出す。脚を押さえる指先まで震えている。

「殺してください」

藤田が言う。

「バカ言うな。勝負はついた」

「私は殺し屋です。生き恥を晒すわけにはいかない」

「負けを認めるか？」

工藤が訊く。

藤田は首肯した。

「なら、頭首として――」

話していると、背後に強烈な殺気を感じた。全身の毛が逆立つ。

工藤はベルトに下げたもう一本のナイフに手を伸ばした。

すると、藤田が声を張った。

「やめろ！　俺たちの負けだ！」

大声が通路に反響する。

振り向いた。

藤田グループの残った一人が、両手にナイフを握り、突っ立っていた。

「我々はこれより、組織の一員として工藤頭首の指示に従う！」

藤田がきっぱりと宣言した。

「僕に従うんだな？」

「はい。完敗ですから」

「では」

まず、残った一人に目を向けた。

「ナイフを収めて、倒された者たちの救護に向かえ」

命ずる。

「従え！」

藤田が怒鳴った。

残った一人は、ホルダーにナイフをしまい、仲間の下に駆けつけた。

工藤はそれを見て、藤田に顔を向けた。

「君は――」

「殺してくれますね？」

「いや、死ぬことは許さん。生きてグループを率い、僕の下で働いてもらう」

「それは……」

「頭首命令だ」

工藤が言った。

藤田はふっと笑みを覗かせた。

「承知しました」

気負いが取れた口調で返す。

「腱をつないでもらえ。まだ間に合う」

工藤は藤田の肩をポンと叩き、トレーナー室へ歩きだした。

その際、スキットルを取り出し、左手のひらに載せて、右人差し指でトントンとつついてみせた。

## 8

モニター室で藤田との戦いを見ていた三人は、雌雄が決したのを確認し、椅子に深くもたれた。

誰もが大きく息をつく。

「投げナイフを弾くなんて、映画でしか見たことがありません。実際に、こんな芸当をこなす人間がいるなんて……。信じられません」

成宮が思わず言葉を漏らす。

「数々の殺し屋を見てきた私でも見たことはないよ」

仁部が言う。

「凄みを増したなどというレベルではないな」

そう言い、神城を見やった。

神城はモニターに映る工藤の姿を見つめていた。

工藤がスキットルを取り出し、指でつつく。

「あれだけの戦闘をこなしたのに、余裕たっぷりですね」

成宮が笑みをこぼす。

神城は指元を見据えた。

と、人差し指でスキットルをつついた後、素早く手の甲を見せ、親指から中指までの三本を横に向けた。

次に、人差し指の上に中指を重ね、その次は親指と小指を広げて下に向け、横に振る。

最後に立てた人差し指と中指を軽く曲げ、スキットルをベルトに戻した。

わからない者が見ると、工藤がスキットルを指でつついて遊んでいるようにしか見えない。

が、神城はそのサインを読み取った。

立ち上がる。その際、テーブルの端にペンを置いた。

「では、今日はここまでですね。明日に備えて、休みましょう」

「そうですね」

成宮も立ち上がる。仁部もゆっくりと立った。

三人で部屋を出る。少し歩いて、神城が立ち止まった。

「いけない。ペンを忘れた。お二人は戻っていてください」

「では、お先に」

成宮が会釈する。

神城は仁部に小さくうなずいて見せた。仁部もうなずき返す。

神城は部屋へ戻り、ペンを取って、胸ポケットに挿した。

そして、本渡の部下に笑顔で声をかけた。

「ああ、すまないが、頭首の控室に行って、さっき使っていたスキットルを預かってきてくれないか」

「かまいませんが、何か？」

「仁部さんが気に入ったようで、ちょっと見たいと言うものでね」

「そうですか。わかりました」

「洗わなくていいから、そのまま持ってきてくれ。あまりここに長居して、あらぬ疑いをかけられても困るから、急いでほしい」

「すぐに行ってきます。少々お待ちを」

本渡の部下が部屋を出る。

ドアが閉まると、神城の顔から笑みが消えた。

工藤がスキットルをつついた後に見せたのは指文字だった。

そのサインは〝しらべろ〟だった——。

# 第4章

## 1

夕食後、寝室にこもった工藤は、ベッドに仰向けになり、ずっと自分の体の調子を確かめていた。

時折、指先を動かしたり、脚に力を入れて筋肉を収縮させたり。顔を振って視界を確かめたりもしてみる。

が、特に普段と変わりはない。

多少、疲労度が大きいような気もするが、日常とはまったく違う環境下に置かれているので、比較はできない。

ただ、今日の戦闘を思い返すに、何もなかったとはどうしても思えない。

藤田グループの面々の動きが、とてもスローモーに見えた。自分の動きも軽やかで、まるで雲の上を歩いているかのようだった。

その状態で放った攻撃は、一撃で相手を沈めるほどの威力だった。

豆腐を撫でるような攻撃は、百戦錬磨の殺し屋を一発で伸すほどの破壊力を持っていた。

戦闘に集中して覚醒すると、たまにそういうゾーンに入ることはある。

ボクサーでも、あまりにきれいなフィニッシュブローが決まった時は、相手を打ち抜いた感触がないという。

しかし、今日の戦いでは、控室から通路に出た直後から覚醒していた。五感のすべてが研ぎ澄まされ、無意識に体が動いていた。

身体能力が向上するだけであれば、クレアチン効果が考えられた。

だが、視覚や聴覚も、通常では考えられないほど鋭敏だった。

特に視覚は、相手の微細な皮膚の動きまでわかるほど鋭敏になっていた。

肉体だけでなく、視覚聴覚までが冴え渡るということは、なんらかの物質が脳に直接作用しているとしか考えられない。

麻薬の類は、脳にダイレクトに作用し、感覚を鋭くさせる効果はあるものの、肉体を強化する作用はない。痛覚を鈍らせる程度だ。

一方、クレアチンなどのアミノ酸は肉体は強化するが、脳には作用しない。脳と肉体の両方を強化する即効性薬物など、聞いたことがない。

あきらかにおかしい。

しかし、なんらかの薬物を投与されていたとしても、理由がわからない。

工藤の心身を強化すれば、今日のような圧倒的で一方的な戦いになるのは当然。工藤を倒したい勢力があるとすれば、相手にドーピングする方がいい。

神城か仁部が自分を勝たせるために仕込んでいるのかとも考えてみたが、二人がなんらかの薬を直接工藤に手渡すわけでない限り、誰かを介することになる。

その〝誰か〟は、後々、体制側の弱みとなる。

仁部と神城がそんな簡単な計算ができないとは思えない。

もし、薬物を投与されていたとすれば、誰が何のために……。

明確な理由が見えない状況は、雑念の元となる。

疑心暗鬼で疲弊させ、工藤自身の自滅を狙っているのか……。

わからないことは保留し、考えないようにすることが一番だが、今日の身体反応が明日も続くようであれば、相手を意図せず破壊しかねないし、自分の肉体も壊れてしまうかもしれない。

といって、戦いを止めることもできない。

今は神城に託したスキットルの中身の解析結果を待つことと、少しでも自分の肉体の声を聴いて、心身をベストに保つことが先決だ。

「寝るか」

声に出して自分に言い聞かせ、サイドテーブルのスタンドの明かりを落として、目を閉じた。

と、ドアがノックされた。

「工藤さん、もうおやすみですか？」

巽だった。

「いや、起きているが」

工藤は明かりを点け、起き上がった。

ベッドを降り、ナイトガウンを羽織ってドアに歩み寄り、開く。

「どうした？」

巽を見やる。

「こちらにお願いします」

巽がリビングに促す。

工藤は寝室を出た。夜は、巽の他に警備のため、本渡グループの者が二名いるだけだ。が、今宵は見慣れない者が二人、フロアに入ってきていた。

一人はショートカットの若い女性だ。フィットネスウェアを着ている。そのスタイルはメリハリが利いていて美しい。よく鍛えている様が見て取れる。

もう一人は、薄毛で小柄な中年男性だった。ワイシャツにスラックス姿の男は、一見、新橋にでもいそうなサラリーマン風情だが、目の奥にほんのりと一般人にはない威圧感を蓄えていた。

工藤は巽に促され、パイプ椅子に腰かけた。二人が巽に手招きされる。

女性と男はゆっくりと工藤の前まで来た。

「夜分に申し訳ありません。自己紹介を」

巽が促す。

女性が先に口を開いた。

「エミリアと申します。私のグループは、五階フロアで頭首と戦う予定でした」

エミリアが歯切れよく言う。

続けて、男が口を開く。

「玉井《たまい》幸三《こうぞう》と申します」

首を突き出し、ぼそぼそと話す。

「私のグループは四階フロアを担当していました」

「明日明後日、戦う予定だったということですね？」

工藤が訊くと、二人はうなずいた。

「その二人がなぜ、ここに？」

その問いには、巽が答えた。

「エミリア、玉井両名、戦いを辞退したいということです」

「辞退？」

二人を見やる。

二人ともバツが悪そうに目を逸らした。

「相談役は何と言っているんだ？」

巽に顔を向けた。

「直接、頭首に会わせて、判断を下していただきたい、と。それで、私が二人を連れてきた次第です」

巽が言う。

「なぜ、辞退する？」

工藤はエミリアと玉井を交互に見た。

「敵わんです」

玉井が言った。

「私のグループは、銃での仕事を得意としています。飛び道具なら、身体能力が優れた頭首にも一矢報いることはできる。あわよくば、殺れると思っていました。ですが、今日の戦いを見て、それも甘い判断だったとわかりました」

「僕の戦いを見ていたのか?」

巽を見上げる。

「頭首の格闘は、各グループの長も自分たちの控室で見られるようになっています」

巽が言った。

聞いていない。だが、頭首の力を知らしめる意味では、正しいセッティングだ。

再び、玉井に顔を向ける。

「僕の戦いを見て、どう感じたんだ?」

「正直、人間とは思えない速さでした。しかも、攻撃に無駄はなく、正確性も高い。腕に覚えのある者たちを殺したこともありますが、格が違うというか、別物だと感じました」

「だが、君のところは銃だ。陰から狙うか、集団で乱射すれば、殺せる可能性はゼロではなかっただろう？」

「ゼロではありません。ただ、限りなくゼロに近い。頭首なら、撃つ前の気配を察して、避けるでしょう。かわされたら最後、間合いを詰められ、一撃で伸されるだけです。仲間とシミュレーションを何度もしましたが、結論は同じでした」

「私たちもです」

エミリアが割って入った。

「私たちは、体術と武器を使った殺しを専門としている女性だけのグループです。毒針を使う仲間もいます。しかし、藤田グループとの戦いを見て、複数の作戦を立てましたが、どれもあっけなく全滅でした。私たちのグループは比較的若いグループですが、これまでの仕事で、ここまで勝ち目を見出せない相手は初めてです」

「だから、辞退すると？　それはもし仕事なら、遂行できず放り出すということにならないか？」

「仕事であれば、最悪、ベッドに連れ込んでターゲットと共に自爆するということもできます。しかし、今回は違います。その後、頭首が組織を牽引するにしても、新しい体制になったとしても、ここで私たちの精鋭が一人でも欠けるのは得策ではありません。あくまでも、私たちの本分は、仕事としての殺しですから」

エミリアは忌憚《きたん》なく答えた。

「私のところも同じく。銃は引き金を引けば誰でも弾を飛ばせます。乱射すれば、素人でも相手を殺せるでしょうが、こちらが無傷で確実に、しかも誰にも知られず銃を使って殺すには、銃の扱いに精通している必要があり、経験も大事です。今、ここに連れてきた仲間の半数を頭首に壊されると、私たちの仕事に支障が出ます」

玉井が言った。

「あっさり白旗を揚げることに、抵抗はないのか？」

玉井に問う。

「その程度のプライドは、何の役にも立たんです」

即答した。

玉井がその場に正座をする。エミリアも同じく正座した。

「このたびの頭首に対しての数々の非礼、何卒《なにとぞ》お許しいただきたい。許していただけるなら、私及びグループは頭首に忠誠を誓います」

「玉井グループと同じく、エミリアグループも頭首と組織のためにこの命を捧げること、ここに誓います」

二人は同時に両手をついて、額が床に擦れるほど深々と頭を下げた。

「わかった。君たちの辞退を認めよう」

「ありがとうございます」

さらに二人は深々と頭を下げた。

「巽」

「はい」

「彼らと戦う予定だった二日間は休養日とする、と、相談役に伝えろ。それと、明日の午前中、相談役と会合を持ちたいので、本渡さんに伝えてセッティングしてもらいたい。それまでに、残り三フロアのリーダーたちに戦う意思があるのか、改めて確認してもらいたいとも」

「承知しました」

巽は一礼すると、エミリアと玉井を促し、工藤の控室を後にした。

工藤は一息ついて、寝室に戻った。

横になるが、眠れない。

突然の組織内の反乱、自身の肉体の覚醒、反体制派リーダーの戦闘辞退――。

残すは三フロアとなったが、次の戦い次第では、残り三グループのリーダーもエミリアたち同様、白旗を揚げるかもしれない。

何がしたいんだ？

反体制派の行動は、理がありそうで曖昧模糊《あいまいもこ》としている。

首謀者の目的が見えない。

工藤は悶々としたまま、横になって疲れた体を休めた。

## 2

翌日の午前九時、本渡はトレーニングセンター会議室に会合場所を用意した。

会議室は一階の最奥にあった。広々とした空間の真ん中に、オーバルテーブルと人数分の一人掛けソファーが並べられている。

奥中央に工藤が座った。両脇を仁部と神城が固める。工藤の対面には須子が、その両脇に倫と成宮が腰を下ろした。

本渡はオブザーバーとして残り、テーブルから少し離れた場所に置かれたソファーに座っていた。

「朝から、みなさんに集まってもらい、恐縮です」

工藤が頭を下げた。

相談役の面々も軽く頭を下げる。心なしか、目の前の三人の顔が強ばっているように見える。

「頭首こそ、お疲れではないですか？」

正面の須子が口を開く。

「それほどでもありません。昨晩はよく眠れましたから」

工藤が言う。

いろいろ考えながら、気がついたら眠っていた。

午前八時前に自然に目が覚めた時には、すっかり体は楽になっていた。回復力も上がっている。

「まず、五階、四階で対戦予定だった両名が辞退した件ですが、申し出を了承しました。戦意のない者と戦う意味はありませんので。本渡さんからお聞きになっていると思いますが、改めて僕から言っておきます」

「頭首の判断なので、我々相談役も受け入れます」

仁部が言った。

「今日、集まってもらったのは、外でもありません。残り三フロアの戦いをどうするかです」

工藤が切り出し、本渡の方を向いた。

「本渡さん、確認してきてくれましたか？」

「はい」

本渡が立ち上がる。

「二階フロアの夏目《なつめ》理夢《りむ》、三階フロアの佐野大樹《さのだいき》は、明確に戦う意思を表明しました。しかし、二階フロアの黒島光章《くろしまみつあき》は、戦うとは言ったものの微妙な空気でした」

「そうですか。夏目と黒島を呼んできてくれませんか？」

「ここへですか？」

本渡の問いに、工藤がうなずく。

本渡は部屋の端に行ってスマートフォンを出し、部下に連絡を取った。

「どうされるおつもりですか？」

成宮が訊く。

「夏目と黒島の戦意を確かめたいのです。戦う意思が強ければ、もちろん受けて立ちますが、迷っているようなら無理に戦う必要はありません。話し合いで解決するなら、それが一番です」

「賢明ですわ。私もこれ以上、無駄な争いは見たくありませんので」

倫は工藤を見て、微笑んだ。

成宮が工藤を見やる。

「しかし、彼らは戦わなくても大丈夫なのですか？ 反体制派のリーダーたちが頭首に挑むという話は、組織の各グループにも届いています。戦わずして屈したとなると、組織内での地位になんらかの影響が出るのではないですか？」

「それはないでしょう」

神城が割って入った。

「あれこれ言う者は出てくるでしょうが、ほとんどのグループは戦闘回避の選択を支持するものと思われます」

「なぜです？」

「我々は無差別に人を殺すわけではありません。あくまで、狙った的を的確に射るだけ。任務がスムーズに遂行できないと判断した場合、目の前にターゲットがいても撤退する判断力と決定力が必要です。頭首の力量はいずれ小松崎、藤田グループの戦闘が漏れ伝わり、各グループ納得のいくところとなるでしょう。逆に、今回の経緯を知れば、小松崎、藤田グループとの戦闘を見た後、それでも頭首に挑む者は、よほどの優れ者か、愚か者という両極の評価を受けるでしょう。その方が、組織内での地位を危うくさせる」

「つまり、そう仕掛けるということですかな？」

須子が神城を見た。

「必要ありません。どこからか必ず漏れるものです。それも、頭首の実力が他を圧倒しているからです。みなさん、ご覧になったように」

神城はサングラスの下から、須子を見つめた。

話していると、ドアがノックされた。ドアが開き、本渡の部下と男女が顔を出す。

「夏目氏と黒島氏をお連れしました」

「中へ」

本渡が促す。

夏目は髪の長い妖艶な雰囲気を漂わせる女性だった。ラフなスカートスーツ姿だが、背筋の張りやふくらはぎを見ると、鍛えられた様が見て取れる。

黒島はすらっとした背の高い男性だった。目鼻立ちも濃く、きりっとしている。こちらもスーツに身を包んでいる。

夏目と黒島が並んでいると、雑誌から切り抜いたモデルのカップルのようだった。

本渡は二人をオーバルテーブルの端まで案内した。

「夏目、黒島両名です」

紹介すると、二人は工藤に向かって頭を下げた。面持ちは硬い。

工藤はうなずき、二人を見やった。そして、黒島に視線を向ける。

「黒島光章君だな」

「はい」

「君のグループの特徴は？」

工藤が訊く。

「私たちは主に、若い男女のターゲットに接触し、処分することを得意としています。メンバーも三十代前半までの若手で固め、クラブやセミナーなど、若者が集まるところへの潜入はお手の物です。処分は、ターゲットを拉致して、山奥で刃物によって行なうことがほとんどです」

黒島の返答に、工藤が首肯する。そのまま視線を夏目に向けた。

「君のところは？」

「私のところは黒島グループとは逆で、年配者の集まる場所への潜入を売りにしています。落ち着いた四十前後の男女をそろえ、ターゲットの信頼を勝ち得た後、事故を装って処分します」

「手口は？」

「主に毒殺です。私たちのターゲットとなる年配者は、何かしら持病がありますから、それを亢進《こうしん》させれば、病死として処理されますから」

理夢は微笑んでみせた。

「そうか。黒島グループ五分、夏目グループ三分でカタがつく」

工藤は言った。

黒島と理夢が気色ばんだ。一瞬、室内の空気が張り詰める。

「君たちも僕の戦闘は見たと思う。僕自身、戸惑っているのだが、この施設に入って、かつてないほどコンディションはいい。今なら、この建物にいるすべての者と戦っても勝てる気がする」

静かに語る。その声には、何とも言えない威圧感が漂っていた。

黒島と理夢だけでなく、その場にいるすべての者の表情が強ばる。

「僕としては、できれば、大事な仲間を傷つけるような真似はしたくない。今後の仕事のこともあるしな。どうだろう。エミリアと玉井は、この不毛な戦いから降りた。君たちもここで退いてはもらえないだろうか」

工藤は二人を交互に見つめた。

二人は互いの顔を見合った。逡巡しているのはあきらかだ。

「君たちが退いたからといって、他のグループと差をつけることもなければ、誹謗中傷させることもない。万が一、君たちの立場をいたずらに貶《おとし》めようとするグループがあれば、頭首の名において潰す。その条件で、どうだろうか？」

理夢が言う。

「頭首が戦いから逃げたという噂も立ちかねませんが」

「僕は気にしない」

工藤は笑った。

理夢と黒島が目を丸くした。そして、二人の顔にも笑みが滲む。緊張した空気が一気に和んだ。

「頭首には敵わないようです。夏目グループ、この戦いから撤退させていただきます」

理夢が言う。

「黒島グループも辞退させていただきます。頭首の器がこれほどとは正直想像もしていませんでした。未熟ゆえのご無礼、何卒お許しください」

黒島はスラックスの縫い目に中指を添え、直立して深々と腰を折った。理夢も倣《なら》う。

「英断、ありがとう。僕の方こそ、礼を言う」

工藤が頭を下げる。

黒島たちは困った表情を浮かべた。

「黒島君、夏目君。我々、相談役からも礼を言う。無用な争いは分断しか生まない。和解が最も強い絆を生む。ありがとう」

仁部が二人を見やった。

「他の方々も、よろしいですね？」

仁部は相談役の面々を見回した。

この期に及んでは、全員首肯するしかなかった。

「では、黒島君と夏目君は戻って、メンバーに決定を伝えてくれ」

仁部が言う。

「わかりました。失礼します」

黒島と理夢はもう一度一礼し、部屋を後にした。

「いや、お見事。気迫だけで、あの二人を制しましたな」

須子が腕組みをして、深くうなずく。

「制したわけではありません。話し合っただけです」

「いえいえ、頭首の気迫が勝っていました」

「その後に、あの笑顔はずるいですわね」

倫が微笑む。

「それも頭首の余裕からでしょうか」

成宮が言った。

「余裕などないですよ」

工藤は苦笑いした。

「残るは、佐野君だけか」

神城が本渡に顔を向けた。

「本渡さん。佐野が退く様子はありませんでしたか？」

「はい。佐野とそのグループは、黒島、夏目グループとは違い、辞退する気配はありません」

「黒島君と夏目君も辞退したと聞かされても難しいか？」

仁部が訊いた。

「おそらく、退かないでしょう」

本渡は答えた。

倫が口を開く。

「けど、よろしいんじゃありません？　頭首の力なら、佐野という者も圧倒するでしょう。

最初の二グループを倒した後、他のグループがすべて辞退となれば、出来レースと言われかねない。佐野グループにはしっかり戦ってもらって、きれいに終わるのがいいと思いますけど」

「そうですね。いらぬ詮索をされない完璧なフィニッシュというのは大事ですね」

成宮が受ける。

「頭首はどうお考えですかな？」

須子が工藤を見た。

「佐野グループが退かないなら、戦うだけです」

「じゃあ、明日にでも戦っていただけませんか？　それで終わりですから」

倫が言う。少々不遜な口ぶりに、神城が気色ばむ。

仁部が間に入った。

「頭首もお疲れです。予定通り、二日は休んでもらいましょう。体調を万全に整えて、あなたの言う通り、圧倒的な力で佐野グループをねじ伏せてもらい、きれいに終わりましょう」

仁部が見据える。

神城の視線も感じた倫は、「仕方ありませんわね」と答え、そっぽを向いた。

「僕が休養している二日間は、相談役のみなさんも自由に過ごしてください」

工藤が言う。

「外へ出てもかまわんかね？」

須子が訊く。

「はい。相談役の役目は、僕の戦闘の見届けですから、戦闘がない時に拘束する理由はありません」

「では、少し街に出てこよう。ここは息が詰まって仕方がない」

「私もそうさせてもらうわ」

倫はすぐに言った。

「工藤さん、それは……」

本渡が難色を示す。

工藤は本渡を正視した。

「頭首命令です」

「そう言われれば……仕方ないですね。わかりました。街までの車と宿泊先の手配はこちらでさせていただきますが、それはよろしいですか？」

「ここから最寄りの街までの送迎はお願いしますが、宿泊先などは各々決めてもらえばいいでしょう。ここを離れてまで監視されるのは息苦しい。そうですよね、須子さん」

「息苦しいとまでは言いませんが、まあ、気持ちのいいものではないですな」

「当然だと思います。二日後の午前九時に、佐野グループとの戦いを決行しますので、それまでに戻ってきていただければ結構です。かまいませんね？」

仁部に目を向ける。

「そうしましょう。いいね、本渡君」

仁部が、本渡を見上げた。

「頭首と相談役の判断であれば、我々は従うしかありません。わかりました。そのように手配いたします」

「よろしくお願いします」

「頭首はどうされるんですか？」

成宮が訊く。

「僕は二日間、じっくりと体を休めます。組織の精鋭たちを相手にしているので、さすがに心身の疲労が溜まっていますから。では、会合は終了です。お先に」

工藤は立ち上がり、最初に応接室を出た。

外に出ると、巽が待っていた。

「お疲れ様です。四階フロアに控室を用意してあります。先ほど、黒島、夏目両グループも辞退したと聞いたので、本来でしたら一階フロアに設置すべきなのですが、間に合いませんでした。申し訳ありません」

「かまわないよ。ありがとう」

「酸素カプセルやサプリメントはご用意しておきました」

「ああ、いらない。全部、撤去してくれ」

「体のメンテナンスをするには、あったほうがいいと思いますが」

「二日も休める。時間のある時は、余計なものを入れて肉体にブースターをかけるより、自然回復させた方が体を無駄に緊張させずに済む。実戦で得た答えだよ」

「そうですか。勉強になります。では、部屋を用意し直しますので、ゆっくり戻ってきてください」

巽は頭を下げると、急ぎ、エレベーターホールに走った。

工藤が巽を見送る。

会議室のドアが開いた。相談役たちが出てくる。

最後に神城が出てきた。

神城を見て、うなずく。神城もうなずき返した。

意図は通じているはず。

二日間の自由行動を提案したのは、神城が手に入れたであろう、スキットルの中身を持ち出し、解析させるためだ。

勘がよければ、それぞれの相談役の行動もそれとなく探ってくれるだろう。

気づいてくれればいいが……。

工藤は願いつつ、相談役たちに背を向けた。

## 3

相談役五名は、いったん、美濃市の市街地に出た。

神城と仁部は、東海北陸自動車道の美濃インターチェンジ出口に近いところにあるホテルに宿を取った。

神城は、デラックスツインを取り、仁部と相部屋にした。

成宮は、長良川鉄道美濃市駅近くのビジネスホテルに入り、少し表の仕事をするそうだ。

須子と倫は、湯の洞温泉口駅近くの旅館に行き、温泉と食事でゆっくりするとのことだった。

神城と仁部は、ソファーに腰かけ、向き合っていた。

「仁部さん、スキットルは持ってきていただけましたか？」

神城が訊く。

「もちろん」

仁部はスーツの内ポケットから、工藤が使ったスキットルを取り出した。テーブルに置く。

「工藤君は、これを調べさせたくて、私らに休暇を取らせたのだろう？」

「そうだと思います」

神城がうなずく。

「中身はどうしたんだね？」

仁部が訊いた。

「私に渡された時は、すでに捨てられていました。ただ、洗剤の臭いはしなかったので、よく洗われたということはないかと思われます」

「捨てただけならともかく、ゆすがれていれば、中身の分析は難しいのでは？」

「それは——」

話していると、ドアベルが鳴った。

神城が立ち上がって、ドアに歩み寄る。

「誰だ？」

神城が声をかけた。

「遅くなりました。石黒《いしぐろ》です」

ドアの向こうの声を聴き、神城はドアを開けた。

ショルダーバッグを抱えた石黒は、神城と目を合わせてうなずき、中へ入った。仁部を認め、一礼する。

「石黒君、もう体はいいのかね？」

仁部は石黒を見上げた。

石黒の顔やシャツから覗く腕は傷跡だらけだった。右の額には大きな火傷《やけど》の痕もある。工藤の前に頭首を務めていた長老を殺した徳丸グループとの戦いでできた傷だ。

石黒が徳丸グループのナンバー2、徳丸昌悟《しょうご》を追い詰めた時、昌悟は自分たちが乗ってきたSUVを爆発させ、石黒を殺るつもりだった。

石黒はとっさに顔面を両腕で防ぎ、身を伏せたが、爆炎に砕かれ飛び散ったボディーの鋼板の破片が全身に無数に突き刺さり、一時は生死の境をさまよった。

しかし、驚異的な生命力で危機を脱し、動けるまでに回復した。

「おかげさまで」

笑みを向け、仁部が座るソファーに歩み寄る。

「そこへ」

神城が、仁部の右横の空いているソファーを指した。

石黒は「失礼します」と仁部に言い、ソファーに腰かけた。

「痩せたね」

仁部が言う。

「まだ、本格的な筋トレができませんので」

「ジムはどうしているんだ？」

「後進に任せて、私はもっぱら表のインストラクターと裏の仕事をしている仲間の技術指導に回っています。この顔では、お客さんの前に出られないですしね」

自分の顔を指し、自嘲する。

「ですが、組織の仕事はきっちりとさせてもらってますので、ご心配なく」

石黒は目に覇気を宿らせた。

死地を潜った者だけが持つ凄みを感じ、仁部は深くうなずいた。

神城が石黒の右脇に座った。

「さっそくだが、これを」

テーブルのスキットルを取り、差し出す。

石黒はスキットルを持って、表面を見つめた。

「例のものだな。中身は?」

神城を見やる。

「捨てられていた。洗われているかもしれんので、正しい分析ができるかは未知だ」

渋い表情を覗かせる。

「洗浄されていれば厳しいだろうが、ゆすいだ程度なら大丈夫だ」

石黒はスキットルをバッグに入れた。

「どのくらいかかる?」

「ただちに分析してもらえるよう、関係機関への手配は済ませているので、明日の昼過ぎまでには結果を出せる」

「そんなに早くできるのか?」

仁部は目を丸くした。

「内容液を採取して、検査機にかけるだけですから、驚くことではありません」

石黒は微笑んだ。

「調理関係者の身辺調査は？」

神城が訊く。

「だいたい終わった」

石黒はバッグから分厚いファイルケースを取り出した。テーブルに置く。

神城が手に取った。

「本渡が出してきた調理担当者二十名。それと、養成所に食材を搬入している業者もほぼ調べ上げた」

石黒が言う。

「短期間にそこまで調べたのか」

仁部が石黒を見つめた。

「組織に関わることですからね。不穏の芽は一秒でも早く摘んでおくことが肝要ですから」

石黒は立ち上がった。

「じゃあ、俺はこれを」

バッグを取って、側面をポンポンと叩く。

「ああ、頼む」

神城がうなずいた。

石黒は仁部に一礼し、部屋を出て行った。

仁部は足早に出て行く石黒を見つめて、つぶやいた。

「さすが、君のところは仕事が早いな」

「私が相談役の仕事に追われる中、石黒がきっちりとグループ内をまとめてくれていますから」

「君は退いて、石黒君にグループを預ける気はないのか?」

「そのつもりです。ただ、今はまだ、体が完全に回復したわけではないので、彼の回復を待ってということになりますが」

「君はどうするんだ?」

「私は精鋭数名とグループを抜けて、工藤の警護専門チームを組むつもりです」

「頭首の警護か」

仁部は腕を組んで深くうなずいた。

「工藤は組織の要ですからね。といって、彼にこれ以上、重荷を背負わせるわけにはいかない。私たちで彼を守り、組織を守っていく体制を作るために外せない部署です」

「そうだな。君にも苦労をかける」

「相談役の苦労はみな同じです。仁部さんにも関係各所の調整でお世話になっています。それは私にはできませんから」

「餅は餅屋だよ」

仁部が自嘲する。

「石黒君が戻るまでに、調査報告の精査をしておこう」

「そうですね」

神城はファイルの中から調査報告書を出し、テーブルに並べ始めた。

4

倫は個室風呂に浸かった後、浴衣姿で須子の部屋を訪れていた。

まだ夕飯には早いが、料理を部屋に運ばせ、酒を酌み交わしていた。

「いやあ、やはり、温泉旅館は落ち着きますなあ」

須子がガラスの盃に入った冷酒をくいっと飲む。須子も湯上がりで、浴衣を着て丹前に袖を通していた。

「ほんと、ホッとしますわ」

倫も盃を傾けた。頬がほんのり染まる。

「それにしても、びっくりしましたわ。工藤があれほどまでに強いとは」

倫は工藤を呼び捨てにし、盃を空けた。手酌で冷酒を注ぐ。

「わしもですよ。強いという噂はありましたが、組織のグループリーダーをことごとく一撃とは……」

須子も口をへの字に締め、唸る。

「どうします？」

倫が須子を見つめる。

須子は少し目をぎらつかせ、舐めるように倫の胸元を見やった。

「あらあら、先生もまだまだお元気ですこと」

倫は浴衣の襟元を指でそっと閉じた。

須子はバツが悪そうに苦笑し、酒を飲んでごまかした。

「そういう意味ではなくて、今後の組織内での立ち回りのことです」

「もちろん、わかっとるよ」

須子はつまみを口に入れて、酒で流し込み、一息ついて改めて倫に目を向けた。

「先生のお話では、さすがに工藤も反目する七グループすべてに勝つことは難しいので、勝ち馬に乗って勝者を支援し、今、組織の中枢にある神城と仁部に代わって、ご自分が組織の核となるというシナリオでしたけど、残るはあと一グループ。佐野グループが今の工藤に勝てるとは想像できません。どうなさるおつもりですか?」

抑えたトーンで迫る。

倫を相談役に推薦したのは須子だった。

大物政治家の秘書を務めていた頃から、倫には興味があった。

容姿もさることながら、時折、男を見下したような態度を覗かせる高慢さと先ほどのようにちょっと男を誘うような艶《なま》めかしさが同居する才女。まさに、須子のタイプの女性だった。

なんとか自分に振り向かせたい。願わくば、一夜を共にしたい。

下心たっぷりで倫に近づいたが、簡単に落とせる女ではなかった。

須子は倫が近づけなかった世界を見せることで自分の力を誇示しようとしたが、倫は紹介した人脈を使い、教授の座を得て、学術会議の一員にまで上り詰め、政界では須子以上の地位を得ようとしていた。

須子は自分が利用されたことが悔しかった。これまで、他人を都合よく使うことはあっても、自分が利用されたことはなかった。

下心につけ込まれたとはいえ、腹立たしかった。

さらに倫を誘い込む手はないものか……。

思案していた時、ある筋から、殺し屋組織の相談役になってみないかとの打診を受けた。

驚いた。

そのような裏組織があることは、秘書として政界を渡り歩いていた頃、耳にしたことはあった。が、絵空事だとも思っていた。

ところが、組織は存在した。自身が想像していたよりも巨大で強固で歴史のある組織だった。

裏組織も知る人物だとわかれば、倫もさすがに、自分に一目置くかもしれない。

多少の怖さは覚えたが、須子は了承した。

そして、倫を推薦した。

組織への勧誘は、政財界の重鎮や警察当局のトップクラスの者たちで構成される選定委員会の委員によって行なわれる。

選定委員会では、推薦された人物の身辺を徹底して調べ、その人物が相談役として適任かどうかを判断する。

適任と判定された人物の下に、委員の中の一人、もしくは複数の委員が訪れ、説明をし、申し出を受諾するかどうか確かめる。

選定された者は、引き受けても引き受けなくても、その日から組織の監視下に置かれることとなる。

口外すれば、死あるのみ。

勝手に選ばれて、話を進められるのは迷惑な話でもあるが、かたや、相談役となれば、その後の政財界、あるいは学会などでの地位は保障される。

はたして、倫はこの申し出を受けた。

相談役の席に並んでいる須子を見て、倫は一瞬驚いたような顔を見せたが、それも一時だけ。

すぐさま、内部の力関係を見切り、仁部に擦り寄るそぶりを見せた。

その時、須子と同じく、新しい相談役に選出された成宮から、工藤を不満に思っているグループと工藤を戦わせることを提案するつもりだという話を聞かされた。

須子はその話を倫にも伝え、勝ち馬に乗れば、工藤を核とした仁部神城体制は崩れ、新組織の中核になれると、倫を誘った。

野心旺盛な倫は、その誘いに乗った。

須子は案外、一番手の小松崎が工藤を仕留めるのではないかと思っていた。

工藤の戦闘を見たこともなければ、会ったこともなかったからだ。

しかし、圧倒的な強さを目の当たりにし、目論見に黄色信号が灯った。

藤田との戦いは、さらに須子を絶望させた。

政治家の秘書を務める中で、裏筋の者たちとも付き合ってきた。それなりに迫力のある者はいたし、彼らが暴力をふるう現場に遭遇したこともあった。

だが、怖さを感じたことはなかった。

どれほど怒号が飛び交おうとも、血反吐《ちへど》が流れようとも、死に直結するものではなかったからだ。

脅しと虚勢が表出した形が暴力だっただけのこと。話し合いでも収まるじゃれ合いみたいなものだった。

殺し屋同士の殺し合いといっても、その程度のものだろうと高をくくっていた。

が、蓋を開けてみると、想像を超えるすさまじさだった。

一応、相手を制した時点で戦いは終了するとの申し合わせではあるが、工藤も対するグループの面々もただならぬ殺気を放っていた。

少しでも緊張が途切れれば、一瞬で命を落とす。

息もできないほど張り詰めた修羅場に、工藤はたった一人で挑み、飛び抜けた強さを見せつけた。

残り五グループのうち、四グループが戦いから降りる判断を下したのも納得のいくところだ。

しかし、このまま工藤に突破されてしまえば、相談役の末席に甘んじるだけでなく、倫からも失望される。

それでは相談役になった意味がない。

「佐野が負けたら、仁部神城体制は変わらないということですよね。今のうちに体制側に付いておいた方が得策じゃありません？」

「それでは、わしらの組織内での地位は低いままで終わる」

「いいじゃないですか。そもそも、こんな非合法組織のトップ下にいられること自体、特別ですもの。そこでよしとするのもありですわよ」

「それでは組織を自由に使えん。面倒だけを背負わされて、使い捨てられるだけだ」

「そうとわかれば、さっさと辞めるだけです」

「辞めるのも自由にはならんよ。しかも、辞めた後も監視される」

「ちょっと、先生……。私が聞いていた話とまるっきり違うじゃありませんか。騙された気分ですわ」

倫は柳眉を吊り上げ、須子を睨んだ。

「そういうことでしたら、私は私で考えさせていただきます。イチ相談役として」

残った酒を飲み干すと、盃を置いて立ち上がった。

「どこへ行くんだね？」

「お部屋でのんびりさせてもらいます。先生といても落ち着きませんから。それでは」

首を傾けて会釈し、背を向ける。

「おい、まだ料理と酒が残っとる。おい！」

須子は呼び止めるが、倫は振り向くことなく、部屋から出て行った。

三和土を分ける襖《ふすま》が静かに閉じ、ドアが開閉する音が聞こえた。

しんとした部屋に、倫の残り香が漂う。

須子は左の拳を震えるほど握り締め、ガラスの徳利を取り、冷酒を浴びるように飲んだ。

手の甲で口辺を拭う。

徳利を叩きつけようとしたが、テーブルに底が当たる寸前で止め、静かに置いた。

スマートフォンを取って、番号を表示し、タップする。そして、耳に当てた。

相手が電話に出た。

「わしだ！　どうなっとるんだ！　説明しろ！」

声を聴くなり、怒鳴る。

「うむ……。ああ、そうだな。わかった。じゃあ、その時間にそこで」

須子は電話を切ると、治まらない様子で、徳利に残った酒をちびちびと飲み続けた。

## 5

ホテルを出た石黒は、仲間の矢野明《やのあきら》が運転する車で岐阜大学に向かっていた。敷地内にある食品科学研究所でスキットルの中身を検査するためだ。手配は済ませてあるので、あとは持ち込むだけ。一両日中には詳細な検査データが出せるよう、調整している。

「石黒さん。頭首は大丈夫ですかね？」

矢野が訊く。

「工藤は大丈夫だ。実力は本物だし、数々の修羅場を潜ってきた男でもある。おまえらは実際に会ったことないからわからんだろうが、見た目からは想像できないほど強い。俺や神城でも、ゾーンに入った時の工藤には勝てないだろうな」

「そんなにすごいんですか」

「すごい」

「頼もしいですね」

「ああ」

石黒が笑みを浮かべる。

ナビの案内に従って、矢野は東海北陸自動車道の美濃関ジャンクションを回り、国道四七五線に下りて、西進する。

「ここを切り抜けたら、現頭首体制は盤石ですね」

矢野が言う。

「すんなり行ってくれるといいがな」

石黒はちらっとサイドミラーを見た。青色のＳＵＶと赤いコンパクトカーの二台が、距離を詰めてくる。

前方を見る。長良川の手前で、二車線あった道路が一車線になるところだ。

「見えてるか？」

石黒がバックミラーに目を向ける。

「はい。青と赤ですね。美濃インターから後ろを走ってきている車です」

矢野もちらりとバックミラーを見やる。

「面倒はごめんだ。先に行かせろ」

「そうですね」

矢野は少し速度を落とした。左に車を寄せる。追い抜いて、矢野たちの車の前に出るには十分なスペースがある。

真後ろにいたSUVは速度を上げ、矢野たちの車の前に出た。しかし、赤いコンパクトカーは距離を詰めてくるものの、抜く気配はない。

そのまま車線が狭まり、一車線となる。

矢野は前方のSUV、石黒は後方のコンパクトカーを注視していた。

狭まったとはいえ、一定の距離は保っている。普通の走行風景だろうが、石黒も矢野も神経を尖らせていた。

と、SUVがいきなりブレーキを踏んだ。矢野もとっさにブレーキを踏み込む。

後方からコンパクトカーが突っ込んできた。

追突され、石黒たちの車が前方に飛び出る。フロントがSUVの後方にぶつかり、ボンネットが山なりに折れた。その衝撃でエアバッグが飛び出した。

矢野と石黒は顎を引いた。エアバッグに顔がうずまり、反動で撥ね返され、シートのヘッドレストが後頭部を受け止める。

「大丈夫か？」

石黒が声をかける。

「はい」

矢野は答え、顔を起こした。

表に出ようと、ドアノブに手をかける。

と、コンパクトカーがさらにアクセルを踏み込んだ。ＳＵＶとコンパクトカーに挟まれた車体がみしみしと音を立てる。

「なんだ、こいつ！」

石黒はシート越しに後ろを見た。

中年男がハンドルを握っていた。助手席と後部座席にも中年男が座っている。みな、口元に笑みを滲ませていた。

「矢野！　アクセルを踏み込め！」

「はい！」

矢野は思いっきりアクセルを踏み込んだ。

後輪がキュルキュルと音を立て、白煙を上げた。コンパクトカーが矢野たちの車を押す。

二台の車に圧され、ＳＵＶが前に動く。

と、SUVはバックギアを入れ、矢野たちの車の前進を止めようとした。

激しいスキール音が路上に響く。

「右に切れ！」

石黒が声を上げる。

矢野はハンドルを右に切った。

SUVのリアバンパーを削りながら、車体が回転する。

フロントがSUVのリアバンパーから外れた瞬間、矢野たちの車が前方に飛び出した。

反対車線には、一般のコンパクトカーが走っていた。その車の側面に矢野たちの車が突っ込んだ。

コンパクトカーが横転した。コンクリートガードに当たって停まる。コンパクトカーは逆さになり、タイヤが空回りしていた。

矢野たちの車もガードに突っ込んだ。左前輪にボディーが食い込み、タイヤが破裂した。そのまま前輪シャフトはロックされ、車は回転して停まった。

石黒と矢野は、車から降りた。

矢野たちが走ってきた車線を見ると、コンパクトカーのボンネットがSUVのリアバンパーの下に食い込んでいた。

ＳＵＶとコンパクトカーから動ける男たちが降りてくる。コンパクトカーを運転していた者は、運転席のエアバッグにぐったりと顔をうずめていた。

「七人か。やってくれるねえ」

石黒は反対車線から中央分離帯を挟んで、男たちを睥睨した。

男たちは横に広がった。四人の男は分離帯を乗り越え、石黒たちを左右から挟んだ。

矢野は石黒の左に立ち、男たちを見据えた。

「何者だ、おまえら」

石黒が正面真ん中にいる男を睨んだ。

答えない。

が、石黒と矢野は、男たちが放つ気配で正体を感じていた。

同業者だ——。

「矢野」

正面を見つめたまま声をかける。

「合図したら、俺のショルダーバッグを取って川に飛べ。そして、中身を研究所に届けろ」

「この人数なら、二人でいけますよ」

矢野も視線を男たちに向けたまま返す。

「今は、スキットルの中身を分析することが最優先事項だ。俺よりおまえの方が身軽だからな。他に敵がいても逃げ果《おお》せる確率が高い」

「石黒さんは大丈夫ですか？」

「心配するな。万全でないとはいえ、神城のナンバー2。こんな雑魚どもにはやられん。行け！」

石黒は怒鳴ると同時に、自分たちの車のある左方向に走った。

矢野も車に走る。

左手にいた男が矢野と石黒に駆け寄る。途中、懐に手を入れ、出す。ナイフを握っている。

いち早く矢野に迫った男がナイフを突き出そうとした。

矢野は男の懐に踏み込んだ。右手でナイフを持つ男の手首を押さえつけると同時に、左拳を鳩尾に叩き入れる。

男は目を剝いて、息を詰めた。

「遅えな、おまえ」

矢野は頭を引いた。そして、顔面に強烈な頭突きを叩き入れた。

男の鼻腔から血が噴き出す。

矢野は男の右手首を返して、ナイフで刺そうとした。

男の背後に駆け寄っていた、別の影が目の端を掠めた。

「屈め！」

石黒が叫んだ。

矢野が腰を落とす。

石黒は矢野を飛び越えた。そのまま飛び蹴りを喰らわせる。

矢野の頭突きを食らって朦朧《もうろう》としていた男は、石黒の右足底部を顔面にまともにもらった。

手に持ったナイフが宙を舞って、石黒の足下に落ちる。後方に吹っ飛んだ。

男の背後にいた者も、飛ばされた仲間を抱いて、路上に転がる。

走ってきていた男のもう一人の仲間は足を止めた。

石黒はナイフを持っていた男の顔面を踏みつけ、男を抱いて倒れた者の顎先を蹴り上げた。

二人とも石黒の攻撃を食らい、意識を飛ばし、ぐったりと路上に沈んだ。

「行け！」

石黒が再度怒鳴った。

矢野は低い姿勢のまま車に駆け寄り、助手席に置いていた石黒のバッグを取った。

そのまま振り返らず、ガードに上がり、躊躇《ちゅうちょ》なく川へ飛んだ。

二十メートルほどの高さから飛んだ矢野の体が宙を舞う。まもなく、川の真ん中に飛沫《しぶき》が上がった。

「逃げたぞ！」

石黒の背後で声がした。

石黒は転がったナイフを拾って、振り返った。

一人の男が矢野を追って、川へ飛ぼうとしていた。

石黒は男に向かってナイフを投げた。

ガードにかけた右脚の太腿に、回転したナイフが刺さる。男は短い悲鳴を上げ、太腿を押さえて路上に転がった。

川へ向かおうとする男たちを牽制しながら、ガードを背に男たちを見据える。

「待て待て、雑魚ども。おまえらの相手はこの俺だ」

太腿を押さえて転がる男に近づく。脇に立って、男たちを見回す。

「神城のナンバー2が直々に相手をしてやろうと言ってんだ。ありがたく思え」

男たちを目で制しつつ、転がる男の顔を踏みつける。

男は側頭部を強く打ちつけた。折れた歯と血の塊を口から吐き出し、意識を失う。

石黒はゆっくりしゃがんで、男の太腿に刺さったナイフを抜き取った。血の滴が路面に垂れ落ちる。

立ち上がった石黒は、ナイフの血を胸元で拭った。

「さて、真っ先に殺されたいヤツはどいつだ？」

石黒は両眼をぎらつかせた。

## 6

神城と仁部は、部屋に籠もって、石黒が持ってきた資料に目を通していた。

「ふう……」

仁部が眼鏡を外し、テーブルに置いた。ファイルを持ったままソファーに深くもたれ、目頭を指で揉む。

「神城君、何か不審な点はあったか？」

神城を見やる。

「今のところは、ありませんね」

ファイルをテーブルに置いて、立ち上がる。

「少し休みましょう。コーヒーでも飲みますか」

「そうだな」

仁部もファイルをテーブルに置いた。

神城はカップを二つ出した。ドリップバッグをカップの上に置き、ポットのお湯を少しずつ注ぐ。

ほろ苦い薫りが室内に漂う。

神城はドリップバッグを皿に置いて、カップを二つ取り、席に戻ってきた。仁部に一つを手渡し、ソファーに腰かける。

仁部はコーヒーを啜《すす》り、ほおっと息を吐いた。強ばっていた両肩がスッと下がる。

「やはり、工藤君の読みは杞憂なのか？」

仁部がぽろりとこぼす。

「まだわかりません。あのスキットルの中身の分析結果が出ない限りは」

「そうかもしれんが、今のところ、調理関係者、出入り業者に怪しい点はない。そうなると、薬物すら持ち込むことは難しいと結論付けざるを得ない」

「調理関係者からのルートが消えたという話にしかなりません。そうなれば、かなり的は絞れます」

「どういうことだ？」

「例外的に外部から何かを持ち込める者がいるとすれば、我々相談役と本渡グループの者となります」

神城の言葉を聞いて、仁部は思わず目を見開いた。

「おいおい……。相談役の中に裏切り者がいるというのか？」

「可能性の話になりますが」

「相談役の身元については、私たちではなく、選定委員会が詳細に調べている。万が一にも、不穏分子が入ってくる隙はない」

「そうでしょうか？　私自身、選定委員会のメンバーを全員知っているわけではないので断定はできませんが、選定委員会内部でも覇権争いがあるとなれば、誰かが意図して、反乱分子を潜り込ませた可能性は否定できません」

「さすがにそれは……」

「選定委員会の誰かが、相談役ではなく、本渡グループを抱き込んでいる可能性もあります」

「本渡君も疑うのか？」

「今はすべての可能性を排除すべきではないでしょう。それに、今のところ、何者かが裏切っていないとも限らない。目的はわかりませんが、何かを投与されたことによって、工藤は圧倒的な力で反目するグループリーダーをねじ伏せました。本渡グループが関与しているとすれば、むしろ、手助けをしているということになります」

「そうだな……」

仁部が腕組みをしてうなる。

「スキットルの分析結果を待つしかないか」

「一応、相談役と本渡グループ、選定委員会のメンバーに関しても調べてみようかと思っているのですが」

神城は仁部を見た。

驚いたように目を見開いた後、大きく息をついて首を横に振った。

「選定委員会は聖域だ。何があろうと侵してはならん」

「敵が潜んでいたとしても、ですか？」

「会社組織で考えてみるといい。平社員が取締役会議に乗り込んで、鉄槌《てっつい》を下せるか？」

「我々は平社員なのですか？」

「選定委員会が取締役会だとすると、我々はせいぜい執行役員で、その下にあるグループは会社の各部署だと思えばいい」

「であれば、工藤より、頭首より上の立場の者たちがすべてを牛耳っているということですか？」

　神城が多少気色ばむ。

「頭首と選定委員会の立場は微妙だが、それ以外の我々も含めたグループの組織図は、会社組織のそれと考えてくれていい」

「そんな図式だったのですか？　長老の時代から」

「大枠はあまり変わらない。それは、組織の成り立ちに起因する。組織は元々、外国勢や彼らと手を組む日本の反体制組織に対抗するため作られたものなのだ」

　仁部が語り始めた。

「組織は戦後の動乱期に、外国人に好きに蹂躙《じゅうりん》される日本人を守るため、政府関係者と有志によって起ち上げられた。いわば、自警団だ。それは後に、右翼団体や暴力団、あるいは警察へと形を変えていくが、その一つが我々の組織だった。警察とは違い、非合法組織だが、その中でも右翼や暴力団とは一線を画し、我々の組織は、不逞《ふてい》の輩《やから》を殲滅《せんめつ》することに重きを置いた。当然、駐留する米軍に存在を知られれば、ただでは済まない。組織を維持するには、然《しか》るべき力を持った者たちの協力が不可欠だった」

「それが政治家であり、財界人だったということですか？」

「そうだな。彼らの庇護の下、警察や暴力団が処理できない案件を秘密裏に処理してきた。小暮のように、レッドホークを手に入れ、組織を思いのままに動かそうとする者も折に触れ出てきたが、そのたびに危機を脱し、長老を中心とした指導体制に収まった。しかしそれも、徳丸らに壊され、今の形となったんだがな。基本、選定委員会の下に我々相談役を配するというシステムは、結成当時からほぼ変わっていない」

「頭首はどういう扱いになるんですか？」

「頭首は組織の長であると同時に、組織をコントロールするためのハブの中心のような役割も担う。そのため、頭首が力を持ちすぎてもいけないし、逆に、力がなさすぎてもいけない。選定委員会としては、本当は、工藤は神輿で我々相談役が集団指導体制を執ることを望んでいた。しかし、頭首の力量がどれほどのものなのか、選定委員会自体も把握できていなかった」

「だから、今回のように身内と戦うことになったんですか」

神城の言葉に、仁部はうなずいた。

「私も個人的にはいい機会だと思った。工藤君には申し訳ないが、彼がケガを負うことはあっても、負けることはないと信じていたからね。だが、ここまで圧倒的となると、また話が変わってくる」

「力を持ちすぎる、ということですか？」

「そういう判定を下すだろうな。選定委員会は……」

仁部は渋い顔をした。

「なので、スキットルの中身の分析結果には期待している。今回の工藤の強さが薬物の作用によるものであって、仕込んだ何者かを特定できれば、選定委員会が工藤を警戒することはなくなる」

「つまり、そこまで特定すれば十分だということですね」

「そうだ。それ以上の事実は必要ない」

「もし、調査の過程で選定委員の誰かに行き着いたときはどうしますか？」

神城は仁部を見つめた。

「その時は我々が直接手を下さず、選定委員会に報告を上げるだけだ。あとは内部で処理をするだろう」

「不問となっても仕方ないというわけですね」

「そうなるな。なんともやりきれんが……」

仁部はコーヒーに手を伸ばした。

と、神城のスマートフォンが鳴った。

「ちょっと失礼します」

立ち上がって部屋の隅に行き、スマホを取り出す。

画面を見る。矢野からだった。

「もしもし……何？」

声が鋭くなる。

仁部はカップを口へ運ぼうとしていたが止め、神城を見やった。

「ああ……わかった。おまえはスキットルをそのまま届けろ」

神城は通話を切り、すぐまたどこかへ折り返した。

「もしもし、俺だ。緊急事態だ。岐阜入りしている者を二班に振り分け、それぞれ急行させろ。場所は――」

神城が淡々と指示をする。

「頼んだぞ」

電話を切って、席に戻ってきた。

「どうした？」

「石黒を乗せた車が襲われたようです」

神城が腰を下ろす。

「石黒君は？」

「大丈夫のようですが、その後、敵を倒したか、逃げたか。まあ、むざむざ殺られることはないでしょう」

神城の声は落ち着いている。

「それより、気になるのは、敵の動きが速いことです。おそらく、石黒の動きは当初から見張られていたのでしょう。うちの者なら尾行があれば気づくはずですが、警戒する報告はありませんでした。うちの者に警戒されず、我々の動きを監視できる者と考えると――」

「本渡グループの者か」

仁部が口にする。

「調べさせます」

神城は再び、スマホを取った。

## 7

石黒は現場に残った男たちと死闘を繰り広げていた。

個々の力はたいしたことはない。ただ、連携を鍛えているようで、一人を倒そうとすると、他が邪魔し、とどめを刺せない。

敵の攻撃はかわせるが、攻め続けられ、体力がじりじりと削られていた。

左右に分かれた敵が、同時に間合いを詰めてきた。

石黒は二人を牽制し、前方へ飛び転がった。そこにも敵がいる。

起き上がり様、右手に持ったナイフを突き出す。相手は仰け反って切っ先をかわす。

石黒はそのまま飛び上がり、跳び蹴りを出した。相手の胸元に当たる。弾き飛ばされた相手が後方によろけ、尻餅をつく。

勢い、駆け寄って、相手を踏み潰そうとする。

そこに、右からナイフが飛んでくる。しゃがんで避ける。

その隙に、蹴られた男は立ち上がり、道路上を走って、大きく距離を取る。

石黒は、片膝を立て、路上の敵を睥睨した。

「まいったな……」

肩で息を継ぐ。

体調は万全とは言えない。肉体を追い込んでいないせいか、息も上がってきた。

石黒が体勢を整えている間、敵の何人かは、倒された仲間を車に積み込み、散乱した武器を拾い集めている。

撤収する準備も始めているようだ。

それはそうだろう。このまま戦いが長引けば、通りがかった者からの通報を受けた警察が駆けつける。一般人の車も巻き込んでいる以上、あまり時間はない。

「もう少しか」

石黒は立ち上がった。

倒せないまでも、逃げ切ることはできるだろう。できれば、一人くらい倒して、何者か問い詰めたいところだが――。

どいつを狙おうか……と見ていると、左右からＳＵＶが近づいてきた。

石黒たちのところまで来て、急ブレーキをかけて停まる。二台の車から、ぞろぞろと男たちが降りてきた。

見知らぬ顔だ。

「ここで敵に援軍か……」

石黒の顔に渋い笑みが滲む。

敵は十人を超えた。さすがに今の体調で全員を相手にするのは無理だ。

七人くらいの男が石黒に駆け寄り、半円形に取り囲む。その後ろでは、事故車から傷ついた仲間を運び出し、現場を片づけている男たちもいた。

敵の一部は、一般車にも駆け寄り、ケガをした一般人を車の中から出していた。引きずり出すというよりは、救出しているといった様子だった。

取り囲んだ男たちは、石黒にかかってこようとしない。

「完全撤収する気か。それなら――」

石黒は右手に走った。

右端の若い男に的を絞り、突っ込んでいく。

若い男は鬼の形相をした石黒がいきなり向かってきて、顔を引きつらせた。

その横にいた男が若い男の前に出た。他の男たちが石黒の背後を囲む。

石黒はナイフを突き出した。若い男を守るように前に出た男は、右前腕を立てた。切っ先が前腕に当たる。キンと音がして、切っ先が弾かれた。

プロテクターを入れてるのか。

すかさず、左ストレートを放つ。

速い。

石黒はダッキングした。しゃがむと同時に相手の脛に向け、ナイフを水平に振った。

男は真後ろに飛び退いた。その後ろにいた若い男は、さらに後方に下がっていた。

クラクションが鳴った。

男たちが一斉に引き揚げていく。後から来たＳＵＶに全員が乗り込むと、車は左右に分かれて走り出した。

石黒は、自分たちが乗ってきた車に乗ろうとした。ドアを開ける。ダイナマイトの塊が助手席に転がっていた。

「また、爆弾か！」

石黒は川の方へ走った。

ダイナマイトが爆発した。火柱が噴き上がり、橋が揺らいだ。

爆発は二度、三度と続いた。石黒はたまらず路上に伏せた。熱風が背中を吹き抜け、破片が体に突き刺さる。

石黒の相貌《そうぼう》が歪んだ。

爆発が少し落ち着いたところで立ち上がった。ともかく、現場を離れなければならない。

腹を押さえて、ガードに手をかけ、歩こうとする。

と、一般車も爆発した。

間近だった。

爆風に弾き飛ばされた石黒の体はガードを乗り越え、川へ落ちていった。

## 8

須子は指定された公園に来ていた。午後七時を過ぎ、遊歩道の街灯の明かりしかなくて薄暗く、人の気配もない。

遊歩道を奥へ進むと、東屋があった。

日中は心地よい休憩処であろう東屋も、闇に包まれると不気味だった。

須子は恐る恐る近づいた。

東屋の奥に人影があった。ぎくっとして立ち止まる。

「私ですよ」

声がした。

須子はホッと息をついて、東屋に歩み寄った。

街灯の明かりが男を照らす。

成宮だった。

「一人か？」

「当然です。尾行はされていませんか？」

「大丈夫。まいてきた」

須子は東屋へ入り、奥のベンチに腰かけた。成宮は右斜めの場所に座っている。

「なぜ、こんなところを指定した？」

「ホテルや建物内は、敵に隠れ場を与えます。部屋は盗聴されますしね。ここなら、敵が近づけばすぐわかりますし、万が一、こうして会っていることがバレても、散歩をしていたと言えばいいだけですから」

成宮は言う。その通り、いつもはスーツ姿の成宮も、ジーンズにシャツというラフな格好をしていた。

「まあいい。それより、どういうことなんだ？　工藤は圧倒的に強いではないか」

須子は成宮を睨んだ。

「いや、私も驚いています。頭首があそこまで強いとは。計算違いでした」

「困るよ、計算違いで流されては」

須子は仏頂面を見せ、腕組みをした。

「そもそも、工藤を倒して、体制をひっくり返した後に、我々で組織を仕切ろうと言い出したのは君だ。このままでは、工藤の天下となり、我々が末席に甘んじることになるではないか。どうするつもりだ」

「どうもしません。このまま頭首が勝てば、そちら側につくだけです」

「話が違うぞ！」

須子の怒鳴り声が、闇に吸い込まれる。

「須子さん。私は確かに、頭首を倒して、体制をひっくり返したいとは言いました。そして、その時には神城さんたちに代わって、私たちで組織を牛耳ろうと。ですが、よく思い出してください。私はひっくり返したいという願望は口にしましたが、必ずひっくり返せるとは言っていませんよ」

「この期に及んで、逃げる気か！」

「事実を申し上げているだけです。もし、頭首を倒せれば、新たに私たちが体制の中心に立てばよし。倒せなかったときは、そのまま相談役として留まればよし。私はそう申し上げたつもりだったのですが」

成宮が淡々と言う。

須子は奥歯を噛みしめた。

言われてみると、確かに成宮は〝必ず〟とか〝絶対〟とは口にしていない。

その提案に乗り、調子に乗って、倫に〝必ず〟と言ってしまったのは須子自身だった。

「君は手を打つと言っていただろう。それはどうなったんだ?」

「手は打ちました。須子さんもご存じのように、頭首の飲食物に薬剤を混ぜ、弱らせようとしたのですが」

「弱っていないではないか!」

「そうですね。頭首の薬物耐性が、私たちの想像を遥かに超えているのでしょう」

「超えているのでしょう……とは。なんとかしろ!」

須子は他人事のように語る成宮に苛立っていた。

「これ以上は、どうしようもないですね。須子さんはさらに頭首に薬物を摂取させろというのですか?」

「薬の量が足りなければ、もっと投与すればいいだろう」

「死ぬかもしれませんよ」

「死んでもかまわん。むしろ、それが願いだろうが!」

須子が暴言を吐く。

成宮はにやりとした。

「なんということを言うんですか!」

「君もそれを望んでいただろうが」

「私はそのようなことは望んでいません。組織がよりよい形でまとまることを望んでいただけです」

「自分一人、逃げ切るつもりか?」

須子が睨んだ。

「逃げ切るも何も、私は初めから両建てですから。頭首が負ける方に一点張りしたのは、須子さんだ」

「なんだと!」

須子が立ち上がった。

その時、背後に影が迫った。

何者かが須子の首にロープの輪をかけた。東屋の梁にロープをかけ、引っ張る。

首が絞められ、須子の足が浮き上がった。

「あ……がっ……!」

須子は喉を掻きむしった。しかし、ロープはがっちりと喉に食い込んでいる。

足をばたつかせ、ベンチに踵を引っかけようとする。だが、パニック状態に陥っているせいか、うまく立てない。

須子の顔がみるみる赤黒くなり、膨れていく。血走った目で、成宮を凝視する。

「き……さま……」

「頭首の死を願うような方とは、今後共に仕事はできません。私は失礼します」

「お……まえ……んがっ！」

枝の折れるような音がした。

須子の頭ががくりと垂れる。鬱血《うっけつ》した両眼は所在なく宙を見つめ、開いた口からは血混じりの涎《よだれ》が流れ出た。

大柄の男がロープを握ったまま、東屋の壁の縁に上がった。ロープを梁に結びつける。そして、ロープの上部を持って、数回前後に揺さぶった。

縊《い》死《し》が自死か他殺かを判断する場合、いくつかポイントはあるが、その一つが、ロープを吊した梁にどういう跡が残っているかだ。

初めから梁にロープを結んでいれば、自殺者が暴れたとき、梁の全体に擦れた跡が残る。

逆に、他殺であれば、後からロープを結ぶので、梁下部には擦れた跡がなく、ロープもほつれていないことが多い。

最初から輪っかにしたロープを首にかけたのもそうだ。両端を持って締め上げれば、首の後ろにまでロープの跡が付くことはない。

殺した後に結んで輪っかにしても、結び目に摘まれるように挟まれた皮膚の傷には生活反応がなく、死んだ後に結んだという証拠が残ってしまう。

首を絞められたときにロープを外そうとしてもがき、爪で引っ掻いた痕が残ることもある。吉川線《よしかわせん》と呼ばれる絞殺特有の傷だが、これは自殺しかけて苦しくなり、外そうとしてもがく者もいるので、問題はない。

何度もベンチに踵を引っかけて立とうとした痕跡も残っているが、これも、須子が自殺をやめようとして足掻いていた証拠となりうる。

あとは、絞殺した男の痕跡を消せば、偽装は完了する。

「では、頼んだ」

成宮は大柄の男に言い、須子を一瞥して東屋を離れた。

須子は両腕をだらりと垂らし、去って行く成宮に動かない目を向けていた。

# 9

工藤は、部屋で休んでいた。

一日、部屋に籠もり、自分の肉体の声と向き合っていた。

戦闘前、戦闘中のように、奥底から湧き上がってくる得体の知れない力は感じない。どの筋肉も、多少の疲労を感じつつも、静かに蘇生しているようだった。

神城は調べてくれているだろうか……。

気になるが、今は報告を待つしかない。

スキットルを回収に来たとき、工藤はティッシュに内容液を含ませ、ビニールに包んだものをスキットルの内側、肩部裏側に張りつけた。

中身を洗われたとしても、そこには気がつかないはず。

分析する者がそれに気づけば、内容液は確実に調べられる。

ともかく、分析の結果はどうであれ、明日には佐野グループとの最後の戦いに挑まなければならない。

部屋の中で、時折体を動かしつつ、意識を明日の戦いに集中させようとしていた。

ノックの音がした。

「本渡です」

「開いてます。どうぞ」

工藤が声をかける。

本渡がドアを開けた。厳しい表情をしている。何かあったのは間違いない。

工藤の顔もつられて険しくなった。

「何があった?」

訊く。

本渡は重い口を開いた。

「須子相談役が死亡しました」

「死んだ?」

眉間に縦じわが立つ。

「誰に殺られた?」

「それが……当局の調べでは、自殺のようでして……」

「自殺だと? なぜだ」

「それは、現在調べているところです」

「すぐ、相談役を呼び戻せ。それと、須子さんの部屋を調べさせろ」

「わかりました。手配します」

本渡は首肯し、部屋を出た。

工藤もジャージの上着を手に取り、本渡の後を追った。

# 第５章

## 1

須子の遺体が発見された日の午後、相談役はみな、トレーニングセンターに戻った。すぐさま、会議室で工藤と本渡を交え、協議が行なわれた。

まずは、本渡から、当局の検視結果が報告された。

須子は、現場の状況から自殺と判定されていた。死亡推定時刻は昨晩午後七時ごろ。現場となった公園での目撃情報もなく、誰かと接触していたという報告もない。

「心当たりがある者はいないか？」

工藤が一同を見回した。

誰もが顔を伏せていた。

と、成宮が恐る恐る顔を上げた。

「すみません。あまりに予想外の事態だったので、どうしようか迷っていたのですが、いずれはわかることなので……」

そう言い、スーツの内ポケットからICレコーダーを出した。

テーブルに置く。

「実は、須子さんが死ぬ少し前、私は現場となった公園で須子さんと会っていました」

成宮の告白に、部屋が少しざわついた。

「話があると呼び出されました。何かわからなかったので、後々のことも考え、録音していたのですが」

「聴いていいのか？」

神城が訊く。

「はい。おそらく、須子さんが命を絶たれた理由に関係すると思いますので」

ICレコーダーを差し出した。

神城はICレコーダーをテーブルに置いたまま、再生ボタンを押した。

サーッとノイズが走る。

「外で録音しているので、ノイズが多めで聴きにくいかもしれませんが」

成宮が断わる。

風の音や屋外特有の雑音が時々混ざる。

『工藤を倒して、体制をひっくり返した後に、我々で組織を仕切ろう』

須子の声だった。

流れてきた言葉に、誰もが絶句した。

『なんということを言うんですか！』

『このままでは、工藤の天下となり、我々が末席に甘んじることになる』

『頭首は強いですよ』

『薬を投与した』

『なんですって！　死んでしまいますよ！』

『死んでもかまわん。むしろ、それが願いだ』

『話になりません。失礼します』

『逃げるつもりか？』

『逃げるも何も、私はそのようなことは望んでいません』

そこで、録音は途切れた。

工藤をはじめ、部屋にいるみなが大きく息を吐く。

「すみません。途切れ途切れになっていたみたいで……」

「いや、ありがとう。今回の事態の一端は見えた気がする」

仁部が言う。

「本渡さん。先ほど、須子さんの部屋を見てもらったと思いますが、薬のようなものはありましたか？」

工藤が訊いた。

「須子相談役は持病がありまして、その治療薬は持ち込んでいましたが」

「神城さん、すぐ解析していただけませんか」

「わかった。本渡さん、須子さんの部屋にあった薬を。それと、ヘリを出してもらえますか」

「承知しました。すぐ、手配しましょう」

本渡が首肯する。

神城と本渡は足早に部屋を出た。

仁部と成宮、倫が残される。工藤が成宮に顔を向けた。

「成宮さん。須子さんは、なぜあなたにそんな話をしたんでしょう？」

目つきは鋭い。

成宮の顔が引きつる。

「わかりません。いや、ほんとに……」

成宮の動揺が手に取るようにわかる。が、それが嘘をついてのものなのか、ただ単に工藤に怯えているのか、判別がつかない。

と、倫が口を開いた。

「実は、私も――」

「宇都宮さんにも、同じ話があったんですか？」

仁部が倫を見た。

倫はうなずき、仁部と工藤を交互に見やった。

「私と須子さんは同じ宿に泊まっていました。お風呂に入ってくつろいでいると、話があるので部屋に来てほしいと言われ、出向いたんです。酒席が用意されていました。私はてっきり、世間話でもするのかと思っていましたら、途中から唐突に切り出されたのです。今の工藤体制を倒して、我々の体制を作ろうと。薬の話までは聞いていませんけど」

「あなたはどう答えたんですか？」

仁部が見据える。

「もちろん、成宮さんと一緒で断わりました。冗談じゃないと。そしてすぐ部屋を出ました」

「なぜ、私にすぐ報告しなかったんですか？」

工藤が正視する。

倫はまっすぐ見つめ返した。

「須子さんは私を相談役に推薦した人です。その人が組織の転覆を企てているとなれば、私も疑われます。私にはそんな気などさらさらないのに、報告することであらぬ疑いをかけられるのは勘弁してほしかったからです。私が賛同しなければ、須子さんもバカなことは考えないだろうと思っていたんですけど、まさか、成宮さんにまで話を持っていくとは……」

胸下で腕を組み、深く息を吐いた。須子の死に同情するどころか、迷惑極まりないという表情を覗かせる。

「お二方の話はわかりました。よく、話してくれました」

工藤が拾う。

成宮と倫は、安堵の色をにじませた。

「工藤君、明日の佐野グループとの対戦はどうする？」

仁部が訊いた。

「薬の分析結果が出るまで、保留にしましょう。結果次第では、もう一度やり直しということにもなりかねませんから」

「やり直しとは？」

成宮が工藤を見やる。

「この戦いに入って、私の体に異変が起こりました。普段では考えられないほど、覚醒したんです。それがもし、薬の影響であれば、フェアではない。やり直すしかないかと」

「しかし、薬の影響があっても、強さは本物ではありませんか？」

「であればいいんですけどね。それも、薬の影響がない状態で戦ってみなければ、なんとも言えないところです」

「大丈夫なのか？」

仁部が心配そうに見つめる。

「戦えるかどうかという意味であれば、大丈夫です。ほぼダメージは食らっていませんから。勝てるかどうかはわかりませんが」

工藤は気負いなく微笑んだ。

成宮がふっと笑みをこぼす。

「やはり、頭首はすごい方だ。再戦しなければならない状況でも笑顔を見せられる。その胆力、敬服します」

「胆力なんて大げさなものではありません。自分の実力を測るいい機会ですから」

「再戦なんてして、やられたらどうにもならないんじゃありません？」

倫が言う。

「やられたら、それが私の実力というだけのこと。組織のためにも、それははっきりさせた方がいいでしょう」

工藤は倫を見つめた。

倫は息をついて、信じられないといった様子で顔を横に振った。

「仁部さん。佐野君にうまく伝えてくれませんか。延期の話を」

「わかった」

「成宮さんと宇都宮さんは、神城さんたちからの報告があるまで、部屋で休んでいてください。私もそうしますので。仁部さん、神城さんから連絡が来たら、すぐに招集をかけてください」

「承知した」

仁部は首肯し、立ち上がった。成宮と倫も席を立ち、仁部と共に部屋を出た。

工藤は手のひらを見つめた。

「すまんな、亜香里。帰るのが遅くなりそうだ」

つぶやき、拳を握り締めた。

2

午後七時すぎ、神城が頼んでいたスキットルの内容物、および、須子が持ち込んだ薬の分析結果が出てきた。

結果は、PDFで送られてきた。

再び招集された工藤と相談役たちは、会議室のモニターに映し出された分析表を見つめていた。

分析表には、主に二つの成分が表示されていた。クレアチンを中心としたアミノ酸の合成物質、それと、メタンフェタミンを加工した化学物質だ。

アミノ酸類は、主に筋肉に作用する。即効性が上がるよう、血中から筋繊維細胞に吸収されやすいよう、誘導体などを混合しているようだった。

メタンフェタミンは、わかりやすく言うと覚せい剤の主成分である。

大脳の中枢神経を覚醒させ、神経を興奮させる作用を持つ。

それにメチルフェニデート、アンフェタミンなどを絶妙な量で混ぜ、主に感覚器への覚醒を促すよう、合成されているという。

結果を見ながら、誰もが多少困惑したような表情を浮かべた。

最初に口を開いたのは、成宮だった。

「すみません。私は薬物には詳しくないんですが、この薬が頭首に与える影響はどのようなものなのですか？」

するると、神城が成宮を見やった。

「アミノ酸系は、筋肉の力を最大限に引き出します。メタンフェタミン系の薬物は神経を鋭敏にします」

「増強剤ですか？」

「分析結果を見る限りは……」

神城の言葉尻が濁る。

「やはり、薬を投与したのは、須子先生なのですか？」

倫が訊いた。

「それは今、調査中です」

本渡が答える。

仁部が受けた。

「須子さんが薬を持ち込んだにしても、頭首になんらかの形で薬を投与するには、スタッフを管理している本渡グループの者の関与が不可欠です」

「であれば、本渡さんに調べさせるのは、盗人に追い銭みたいなことになりません？」

倫が責めるような目で本渡を見やる。

「申し訳ありません。私の管理不足で……」

本渡がうなだれる。

神城が倫に顔を向けた。

「それについては、本渡さんのグループの者に加え、我々の他、組織内の主要グループから立会人を出して、合同で調査する手はずを整えています」

「あなたの選定した人物は、信用できるのかしら？」

「信用してもらうしかありませんね」

サングラスの奥から倫を見据える。

倫は気配を感じ、視線を逸らした。

「いずれにせよ」

工藤が口を開く。

他の者たちの視線が工藤に向く。

「私に薬が投与されたという疑いが出た以上、これまでの対戦結果は無効とするのが筋だとは思いますが」

自ら言う。

「もちろん、各グループのリーダーにも集まってもらい、再戦の方法を決めるつもりですが、個人的にはまた改めて、場を設ける方がいいのではないかと思っています。相談役も一人欠けている状況ですし」

「私も頭首の意見に賛成だ」

仁部が同意を示し、続ける。

「今、選定委員会に、須子相談役の死亡とこれまでの経緯と判明している事実を伝えたところだ。薬物投与の実態がどうかはともかく、なんらかの裁定は出るだろう。次の動きは、その返答を待ってからでもいいのではないかと思う」

仁部は言い、相談役全員を見回した。

「相談役の総意は、いったん仕切り直しということでよろしいか？」

訊ねる。

神城と成宮、倫は首肯した。

「ということです、頭首」

仁部が工藤に顔を向けた。

「本渡さん。各グループのリーダーを集めてください。佐野君も」

「承知しました」

本渡は軽く頭を下げ、部屋を出た。

「まさか、こんなことになるとはな……」

仁部は大きなため息をついた。

「仁部さんのせいではありません。僕自身、戦うまで気づかなかったのですから、相当用意周到に謀《はか》られた策でしょう。首謀者と協力者を特定して、きっちりと処分することが、今の僕たちに課せられた使命です」

話していると、各グループのリーダーたちが、本渡に連れられて入ってきた。

忠誠を誓ったリーダーたちは、工藤の姿を認め、深々と頭を下げた。

最後に短髪を金色に染めた眉のない男が入ってきた。佐野グループのリーダー、佐野大樹だ。

半袖のTシャツを厚い胸板が押し上げ、腹部に張りついた布地には割れた腹筋の形がうっすらと浮かび上がっている。袖から出た二の腕は太く、血管が走っていた。

佐野は工藤を睨みつけ、ゆっくりと部屋に入った。

相談役の面々が工藤を中心にテーブルの窓側に座った。テーブルを挟んだ向かいにリーダーたちが居並ぶ。

佐野は真ん中に座った。腕組みをし、正面の工藤を睨みつける。

他の者が工藤の顔色に気をつかう中、佐野だけは腕組みをして反り返り、不遜な態度を取っていた。

工藤は佐野と目を合わせず、うつむき加減だった。

「全員、揃いました」

本渡が言う。

「ありがとう」

工藤は本渡に笑顔を向けると、やおら目の前のリーダーたちを見回した。そして最後に佐野を見据える。

静かで気負いのない余裕すら感じさせる眼差しだ。それが気に入らないのか、佐野の眉間に縦じわが立った。

「まずは、君たちに集まってもらった理由を私から説明しよう」

神城が口を開いた。

神城は、須子の死亡からこれまでの経過を丁寧に話した。

リーダーたちの表情が一様に険しさを増す。

「現在、その事実を組織上層部に伝え、裁定を待っているところだ。したがって、佐野グループとの対戦は、後日改めてということになる」

「なんだよ、そりゃ?」

佐野はテーブルを下から蹴った。

いきなり響いた大きな音に、成宮と倫がびくっとした。が、他の者は微動だにしない。

神城は無視して続ける。

「また、頭首と戦った小松崎、藤田両名のグループ、辞退を申し出た四グループに関しても、希望とあれば、再戦を組む。意向は、じっくり考えて結論を出してもらえればいい」

「それは——」

小松崎が口を開いた。

「それは、頭首が不正を働いていたからということか?」

工藤を睨む。

工藤がまっすぐ見返した。

「薬物のことは知らなかった。これは本当だ。が、結果、僕が君たちとドーピング状態で戦ったことは否めない。それでは、君たちの勇気ある申し出に背くことになる。それは僕としても本意ではない。僕としては、君たちが納得のいく形で仕切り直せればと思っている」

「じゃあ、今ここで、俺たちの相手をしろ」

佐野が乱暴な口をきいた。

「佐野！」

神城が怒鳴りつける。

佐野は神城を睨み返した。

「俺たちは頭首と対戦するために、万全の準備を整えて臨んだんだ。それをそっちのミスで勝手に反故《ほご》にしようとしてる。やってられねえだろうがよ」

「君の言う通りだな」

工藤がうなずいて見せる。

「僕はかまわないよ。今ここで、戦うことになっても」

工藤はまっすぐ佐野を見据えた。

室内の空気が張り詰める。

そこに、仁部が割って入った。

「まあまあ、佐野君。そう尖らずに。薬物の影響がどれほどのものか、まだ詳細はわかっていない。頭首の体内に残っている薬物の効果がまだ発揮されるかもしれないとすれば、君たちはここで瞬殺されるぞ。君も小松崎君や藤田君たちの戦いを見たろう?」

微笑んで問いかける。

佐野が少し渋い表情を覗かせた。

「ここはいったん仕切り直した方が、双方納得のいく戦いができると思うがね。どうだろう? 実際に戦った小松崎君と藤田君の意見を聞きたいのだが」

仁部は小松崎と藤田を見やった。

「俺は、結果をそのまま受け止めますよ」

小松崎が言った。

「やられたままでいいのかよ」

佐野が横を向いて睨む。

「どんな事情があれ、俺とグループの精鋭が瞬殺されたのは事実だ。ドーピングがあろうとなかろうと、一度負けた相手に再戦を挑むようなみっともない真似はしねえ」

「うちも、もういいですよ」

藤田がふっと笑った。

「いくら、ドーピングがあったとはいえ、元々の身体能力が高くない限り、あの動きはできない。薬物投与がなくても、勝てたかどうかは疑わしい。うちとしては、これ以上、戦力ダウンしたくはないので、フィニッシュで」

軽く頭を下げる。

「負け犬かよ」

佐野が鼻で笑う。

「組織の長である頭首に負けただけだ。おまえ程度なら瞬殺だ」

藤田が目を細める。

「なんだと？」

気色ばんだ佐野が腰を浮かせた。

「待て待て。身内で争っても仕方ないだろう」

仁部が呆れて止めた。

藤田はすぐに佐野から視線を逸らした。佐野は納得のいかない様子で、椅子が軋むほど強く尻を下ろした。

「他の者はどうする？」

仁部が問う。

戦っていないグループのリーダーたちは、逡巡しているかのように顔を伏せたり、周りを見たりしている。

工藤は佐野を見据えた。

「佐野君。そこまで納得いかないのであれば、今ここで、君と戦ってもかまわないが。どうする？」

「タイマンやろうってのか？」

佐野は片眉を上げて睨んだ。

「薬物の影響はほとんどないと思う。仮に君が負けたとしても、薬物の影響と喧伝すればいい。いずれにしても、一度手合わせしておくのはいいんじゃないか？」

「この野郎……」

「佐野――」

神城が腰を浮かせる。

工藤は右手を上げ、神城を制した。神城が腰を下ろすと同時に、工藤が立ち上がる。

工藤はテーブルを回り込み、リーダーたちが座っている椅子の後ろの広い場所にゆっくりと歩み出た。

「佐野君」

工藤は対面を手で指した。

佐野はテーブルを手のひらで叩いて立ち上がった。

「ナメんじゃねえぞ!」

鼻息荒く、広間に出て、工藤と対峙する。

工藤は静かに佐野を見つめた。怒り心頭で呼吸は乱れているものの、心肺機能は強そうだった。少し動くたびに腕や足の筋が動くあたり、体脂肪率は低く、手足の反応もよさそうだ。

上下している両肩も、強ばっている感じはない。

工藤は深呼吸をした。自然体で向き合う。

「いつでも、どうぞ」

すっと前に目を向け、佐野の全身をぼんやりと見つめる。

全身の筋肉がぴくぴくと動いているのがわかる。右の上腕、左の前腕、拳、太腿、ふくらはぎ——。

佐野は動いていないので、わからない者が見るとただ見合っているようにしか映らないだろう。

しかし、見る者が見れば、佐野が攻め手をシミュレーションするたびに、対応する部位の筋肉が反応していることがわかる。

工藤は集中を高め、神経を研ぎ澄ませた。

薬物を投与されている時のように、すべての感覚が磨き上げた氷のように澄み切っているわけではないが、対峙している者の呼吸は感じ取れている。

少しずつ、相手の呼吸に合わせていく。その呼吸がぴたりと合った時、佐野の全身像がスッと体の中に入ってきた。

不思議な感覚だが、こうなると、対で動く操り人形のように、敵の動きがわかるようになる。

佐野は攻めあぐねているようだった。

勢い、タイマンに挑んだものの、佐野が思うより、工藤の力は高かったようだ。

佐野の右手が腰の後ろに回った。

合わせていた呼吸がずれた。

瞬間、佐野が手に持ったものを投げた。

工藤は左脚を引いて、半身になった。腹の前をナイフが過ぎる。的を失ったナイフが、壁に当たって音を立てる。

佐野が素早く間合いを詰めてきた。

左か右かの拳を突き出そうとしている。

工藤には見えていない。が、違和感は感じていた。

右脚を踏み出すと同時に腰をひねり、佐野の頭部らしき影に掌底を放つ。

手のひら下部に何かが当たった。そのまま振り抜く。

影に目を向けた。掌底は佐野の顎を捉えていた。佐野は真横に吹っ飛んだ。足を踏ん張ろうとするが、脳が揺れ、ふらつき、壁際に寄せていたパイプ椅子をなぎ倒しながら、倒れ込む。

工藤は瞬時に間を詰めた。

佐野は立とうとするが、膝から崩れる。

工藤は右脚を振り上げた。踵が佐野の顔面に迫る。

その時、横から脚が出てきた。工藤のふくらはぎを受け止める。

神城が右脚を水平に伸ばしていた。

「佐野、もういいだろう?」

神城が睨み下ろす。

「まらまら……」

顎が外れ、口から血があふれているせいで、うまくしゃべれない。それでも佐野は、立ち上がろうとした。右膝が崩れ、体が大きく傾く。

その体を受け止めたのは、小松崎だった。両腕をがっちりと固める。

「わかっただろ。薬物が入ってなくても、この強さだ。俺らとは格が違う」

「うるへえ！」

振り払おうと上体を揺さぶるが、小松崎はびくともしない。

神城が脚を引く。工藤も脚を下ろした。

「認めることも大事だぞ、佐野」

「やかまひい！」

佐野は小松崎の腕を揺さぶり解いた。

「認めねえど、俺は。こんなの認められるか！」

小松崎の胸元を突き飛ばすと、倒れたパイプ椅子を蹴って、よろけながら、部屋を出て行った。

「佐野！」

神城が追いかけようとする。

工藤が肩を握った。振り向いた神城を見て、顔を小さく横に振る。

「頭首。俺が佐野を説得しましょうか？」

小松崎が言った。

「いや、あのままでかまわない。ここにいる間は、納得するまで相手をしてやるから」

「承知しました」

小松崎は一礼し、席に戻った。

工藤も自席に戻ろうと振り返る。全員が工藤を見ていたが、視線が向くとあわてて顔を逸らした。

思わず、神城の顔を見る。

「それだけ、おまえが圧倒的だったということだ」

小声で言って微笑み、神城は先に席へ戻っていった。

どう圧倒していたのか、工藤は自分ではわかっていなかった。

佐野は感情がそのまま身体反応に現われるタイプだったので、与《くみ》しやすい相手だった。掌底がきれいに入ったのは意外だったが、タイミングがよければ、神城でも同じように倒せた相手だろうと思う。

工藤は右手を揉みながら、中央に戻った。

工藤が座るのを待って、仁部が訊いた。

「さて、先ほどの問いだが。君たちはどうする？」

小松崎、藤田を除いたリーダー四人を一人一人見やる。

四人は互いの顔を見合わせ、うなずき合った。最年長の玉井が口を開く。

「我々四名も、辞退の申し出はそのままに、組織に忠誠を誓います」

それを聞き、仁部が深くうなずいた。

「では、早速だが、僕の下で動いてもらいたい」

工藤が唐突に切り出した。

神城と仁部が同時に工藤を見やる。

「君たち六グループ総出で、神城グループの石黒、および矢野を襲った者たちを捜し出し、捕らえてほしい。必要な情報は神城さんから提供させる。やむを得ない場合以外、殺すな。生け捕りにして、このセンターへ連れてくるように」

「工藤、それは俺たちが——」

神城が口を挟もうとする。

「これは組織全体の問題です。組織として事に当たります。いいね」

目の前のリーダーたちを見回す。

全員が強く首を縦に振った。

「小松崎と藤田は、ケガの具合を見て動いてほしい。他は全力で任にあたってもらいたい。

ただ今より、六グループの拘束を解く。各々、自分たちの本部に戻って態勢を整え、迅速に任務を遂行してもらいたい。本渡さん、各人の送迎をよろしく」

工藤が言うと、六グループのリーダーたちは一斉に立ち上がった。深々と一礼し、部屋を出て行く。本渡も頭を下げ、リーダーたちを追った。

工藤と相談役たちは出て行くリーダーたちを見送った。

ドアが閉まると、相談役たちは一様に大きく息をついた。

「佐野君との戦いが始まった時は、どうなるかと思いました」

成宮がネクタイを緩め、ワイシャツの第一ボタンを外した。

「近くで見ると、ものすごいですわね」

倫が工藤を見つめる。その目には少し艶が滲んでいた。

「私も、幾度か目の前で見たことはあるが……。工藤君、本当に薬の影響はなかったのか?」

仁部が訊く。

「わかりませんが、小松崎や藤田と戦った時のような感覚はありませんでした。普段の戦闘時に近い感じでしたね」

「本物だ、おまえの強さは」

神城が微笑んだ。

「佐野君はどうするつもりですか？」

成宮が訊く。

「先ほど話した通り、ここにいる間は、何度でも挑戦を受けます。そのうち、納得するでしょう」

「納得しない時は？」

倫が訊いた。

「組織に歯向かった罪で処分するだけです」

工藤が言う。

にべもない冷酷さに、倫の目が引きつった。

「相談役の方々は、申し訳ないが、まだここに残ってください。選定委員会の裁定もありますし、須子さんが他殺だとすれば、他の相談役も狙われる可能性がありますので。神城さん、神城グループの者を手配して、相談役の護衛にあたってもらえませんか？」

「それはいいが、おまえは？」

「僕は大丈夫です」

工藤は笑った。

一人になるのは作戦だった。

もし何者かが工藤が一人のところを襲ってくれば、そいつが黒幕と通じているということになる。

その時は、そいつを倒して、黒幕を聞きだせばいい。

危険な賭けだが、長引かせるより、勝負をかけた方がいいと、工藤は腹を決めた。

## 3

工藤の命を受け、神城と工藤に忠誠を誓った小松崎ら六グループが、石黒と矢野を襲った者たちの特定を始めた。

石黒と矢野の証言から、彼らが追跡、逃亡したルートの防犯カメラを総ざらいで調べ上げ、襲撃者の車種とナンバーを特定した。

車は盗まれたもので、ナンバープレートも付け替えられていた。

本来ならここで難航するところだが、裏社会に生きる者たちにとっては、その特定も難しくない。

盗難ルートを追えばいいだけだからだ。

蛇の道は蛇。裏社会に通じた者たちが調べれば、すぐに判明する。

石黒たちを襲ったのが、組織の尾島《おじま》グループの者だとわかったのは、特定を始めてわずか三日後のことだった。

そこから、すさまじい〝尾島グループ狩り〟が始まった。

工藤からの指示は〝殺すな〟だった。

各グループは、頭首の命令は守っている。

しかし、〝殺すな〟という命令は、逆に〝死ななければいい〟という意味でもある。

各地で捕らえられた尾島グループのメンバーは、命はあるものの、ある者は腕を失い、またある者は視力や聴力を失うなど、悲惨な状態で拘束された。

神城は、小松崎と藤田を連れて、グループの長・尾島勇《いさむ》が根城としている東京都立川市のはずれにあるマンションに出向いていた。

五階建てのマンションを一棟丸ごと借り上げ、本部として機能させている。

セキュリティーがしっかりしているオートロックのマンションは、さながら要塞のようだった。

神城は少し離れた空き地から、マンションを見上げていた。両脇に、小松崎と藤田がいる。まだ、工藤にやられた傷は治っていない。痣も残っているが、二人とも包帯や絆創膏は付けていなかった。

神城たちの後ろには、それぞれのグループから連れてきた精鋭五名ずつ、計十五名が待機している。

「どうしますか？」

藤田がマンションのほうを見て訊いた。

「尾島も、仲間が次々と捕らえられていることはわかっているだろうから、総力戦でくるだろうな」

神城の組んだ腕に力がこもる。

「こっちも、もっと仲間を呼んで、総力戦にしますか？」

小松崎が鼻息を荒くする。

「騒動にしても仕方がない。目的は尾島の身柄の確保だ」

「尾島グループは銃専門チームでしたね、たしか」

藤田が神城に訊いた。

「そうだ。うかつに近づけば、狙い撃ちされる」

「厄介ですね……」

「ぶっこみゃいいんだよ。で、出てきた敵を片っ端から倒しゃ、終わりだ」

「おまえ、いつもそんな雑な仕事してんのか？」

藤田が小松崎を見てあきれる。

「雑なわけじゃねえ。仕事はスピードだ。チンタラしてる間にターゲットに逃げられちゃどうしようもねえだろ」

「……それも一理だな」

神城がつぶやく。

「ぶっこむんですか？」

藤田が目を丸くする。

「炙り出す」

「どういうことですか？」

「文字通り、炙り出す」

神城が言った。

「火をつける気ですか？　そんなことすれば、騒ぎになりますよ。あわてて尾島たちが逃げ出せば、建物に保管している銃器の存在も明らかになるでしょうし」

「そんなことはしない。発煙筒で十分だ。発煙筒を付けた矢を尾島がいるであろう最上階に集中して打ち込む。で、外に出てきた連中を一人一人的にかければいい」

「なるほど、矢ですか。それなら、音もなくていいですね」

「俺んとこは、弓矢なんか扱ったことないですよ」

小松崎が言う。

「クロスボウでいい。あれは銃みたいなものだ。発煙筒の打ち込みは、うちの者にさせる。藤田、おまえたちは？」

「うちの者も扱ったことはないですが、銃はたまに使うんで」

藤田の返答に、神城がうなずく。

「道具を用意して、配置につけ」

神城が言うと、小松崎、藤田、後ろに控えていた部下が一斉に動き始めた。

4

「どうなってんだ！」

尾島はスマートフォンを握りしめ、怒鳴った。

部屋にいる尾島の側近二人も険しい表情を覗かせている。

「おまえが絶対にバレないと言うから協力してやっただけなのに、なんで、うちが神城たちに狩られなきゃならねえんだ！」

あまりの怒りに、尾島の分厚い唇が震えている。

「あ？　勝手にやれだと？　てめえ、ぶち殺すぞ！」

尾島のさらなる怒鳴り声に、側近二人がびくっと肩をすくめる。

尾島は一度深呼吸をした。

ハイバックの椅子に座り直し、深くもたれて脚を組む。

「わかったよ」

急に声のトーンが下がった。

しかし、側近二人は蒼ざめていた。

尾島の顔が蒼くなっている。それは、怒りが頂点に達した時の顔色だ。

尾島グループは、元暴力団員の尾島があぶれ者を集めた愚連隊のようなチームだ。

尾島は武闘派として名を轟かせたヤクザで、組織に入ってからも仕事ぶりは荒い。

ターゲットを見つけたら、衆目《しゅうもく》があろうとなかろうと、囲んで至近距離で銃弾を撃ち込み、逃走する。

あまりに乱暴な方法なので、目撃者情報は錯綜し、結果、犯人特定には至らないというメリットはあるが、その手法には常に、殺し屋組織の内情が発覚する危険を孕《はら》んでいた。

尾島は一呼吸おいて、ゆっくりと言った。

「てめえがこっちに丸投げするのは勝手だ。なら、こっちも好きにさせてもらうぜ。てめえのことは一切合切、神城たちに伝える。もう生きる場所はねえぞ」

尾島は片笑みを滲ませた。

「あ？　強がっても無駄だぞ。怖えぞ、神城たちは。地獄の底まで――」

話していると、空気を切る音がした。

続けて、ドサッと重いものが倒れる音がした。

尾島は音のしたほうを見た。側近の一人が倒れていた。後頭部から流れ出る血がフロアカーペットに血だまりを作る。

もう一人の側近がサプレッサー付きの銃を握っていた。銃口からは硝煙が立ち上る。

「おまえ、何やって――」

尾島の声が途切れた。

双眸を見開く。後頭部がパッと弾けた。

眉間に穴が開き、背もたれを赤く染める。

尾島の両腕がだらりと垂れ下がり、持っていたスマートフォンが床に落ちる。

銃を持った側近の男はゆっくりと尾島の脇に歩み寄った。

スマホを拾い上げ、耳に当てた。

「もしもし、私です。尾島は処分しました。アジトも処分します」

側近はそう言い、尾島を一瞥した。

## 5

工藤の下を仁部が訪れていた。上層部の裁定が下され、それを伝えに来ていた。

上層部は、今回の謀反《むほん》ともいえるリーダーたちの行動については、佐野も含め不問とする、と決めた。

ただし、再戦は認めず、以後、リーダーたちが工藤の命令に従い、組織に忠誠を尽くすというのが条件だ。

この裁定は、仁部から神城、成宮、倫に伝えられている。

「問題は、佐野君だね」

仁部が言う。

「彼にも伝えましたか？」

「ここへ来る前にな」

「どうでした？」

「相変わらず、鼻息荒いね」

仁部が苦笑する。

「まったく、引く気はないということですか」

「そのようだ」

仁部の口からため息が漏れる。

「わかりました。長引かせても仕方ないので、カタをつけましょう」

「どうする気だ？」

「相談役の成宮さんと宇都宮さんは残っているので、仁部さんも含めて三人に立会人となってもらい、決着をつけます」

工藤が言う。

「それは、上層部の意向とは違うが」

「上は佐野の状況を知らない。頭首判断として、今後の組織運営を円滑に運ぶためのやむを得ない措置と伝えてもらえばいいですよ」

「うむ……」

仁部は腕組みをして、難しい顔をした。

「しかし、敵はどこに潜んでいるかわからん。本渡グループも信用ならんぞ」

「かまいません。僕が動くことで敵も動く。そうなれば、炙り出す手間が省けます」

「身を挺《てい》して、敵を引きずり出すつもりか？」

「それしかないでしょう。このまま上層部の裁定通りに事が収まって静かになっても、反目はくすぶり続けます。今、炙り出しておかないと、後々面倒なことになります。ただ、僕が戦闘に入ると、仁部さんを守れなくなる。そこが少々心配ですが」

「私は大丈夫だ。神城君が護衛をつけてくれている。それに、こう見えてもそれなりの修羅場は潜ってきているのでね」

微笑み、太腿をパンと叩く。

「わかった。そうしよう。いつやる？」

「二時間後。二階フロアを使いましょう。本渡さんと佐野に準備するよう、伝えてください」

仁部が首肯して立ち上がる。

「工藤君。やられるなよ」

「僕は負けません」

工藤は仁部を強く見つめ返した。

# 6

「そうですか。わかりました」

成宮は部屋に備え付けられていた固定電話の受話器を置いた。

ベッドサイドに腰かけ、深く息を吐く。

仁部からの内線電話だった。二時間後の工藤と佐野の対戦の立会人として、モニター室へ来るようにとのことだった。

上層部からの裁定を聞かされた時、成宮は工藤体制が盤石になったと確信した。

成宮は、相談役を引き受けるにあたって、工藤が体制を固めても、失脚してもいいような立ち回り方をしていた。

工藤が失脚すれば、自分が相談役として上席に上がるチャンスを得る。だが、工藤体制が続いても、相談役としての地位は揺るがない。

自分としてはどちらでもよかった。

ここまで来れば、工藤に乗ることが、自分の立場を保全する最良の策だ。

そのために、須子を処分した。

須子は体制転覆を狙っていた。自身が相談役のトップになることを望んでいた。

そこで須子を焚きつけ、薬を持ち込ませた。

薬は、成宮と通じている〝上〟が用意したものだ。

上でもひそかに権力闘争が行なわれているようで、成宮が相談役に就任する際、内密に成宮にコンタクトを取ってきた者がいた。

名前は〝M〟とだけ名乗った。

成宮もそれ以上は訊かなかった。成宮なりの保険だ。

深く立ち入らないが、勝ち馬には乗りたい。フラットな立ち位置で転がったほうに乗る。

自分の仕事で言えば、とりあえずアプリケーションを発表、発売しておいて、その後問題が起これば修正したり、撤退したりすればいいだけの話。

もちろん、想定外のこともあった。

須子を言い含めて盛らせた薬が、まさか増強剤だとは思わなかった。

Mの意向を測りかねる。

成宮は、工藤を追い落とすため、Mが弛緩剤《しかんざい》の類のものを用意したと思っていた。

工藤の強さは聞いていたものの、弛緩剤のようなものを打たれれば、さすがに組織の精鋭相手には勝てないからだ。

そうして工藤の首を獲り、新たな頭首を置いて実権を握る。Mが提示したのは、そんなシナリオだと考えていた。

しかし、Mは増強剤を投与させ、工藤の実力を倍加させた。

成宮はその意図を考え抜き、ある結論に至った。

Mは工藤を失脚させたいわけではなく、この機に、より頭首のカリスマ性を高め、組織の土台を強固にしようと考え、投薬を実施した。

これが本命の結論だ。

もう一つ、可能性があったのは、薬物投与を判明させることで、組織のリーダーたちからの信頼を失墜させることだ。

工藤の強さは当然、リーダーたちにも知れ渡っていた。

だが、それが薬物によるものだとなれば、工藤の頭首としてのカリスマ性は一気に失せる。そうなれば、いかに神城や仁部が工藤を支えようとも、組織内部に不満がくすぶり、やがて瓦解《がかい》する。

両極の可能性があったが、薬物を使っていたと知ってなお、リーダーたちは佐野を除き、工藤を認めた。

これで、瓦解の可能性は失せ、組織が工藤の下一つにまとまる体制ができた。

だからこその須子処分だった。

これ以上、現体制転覆を狙う須子を生かしておいては火種になりかねない。

Ｍからの指示はなかったが、独断で処分を決め、実行した。

これで安泰かと思ったが、懸念材料はまだ残っていた。

一つは、尾島グループの件だ。

成宮は直接命令を下していないものの、Ｍから、尾島グループのメンバーを使って、石黒たちを襲わせたとの報告を受けていた。

また、尾島はＭと成宮の関係を知る数少ない人物だ。

Ｍと成宮が自由に使える駒として尾島を飼っていたが、彼らが神城たちに狙われているとの報告も受けている。

もし、尾島が神城たちにつかまり、自分たちのことを話せば、とたん、窮地に陥る。

Ｍは心配ないと言っていたが、尾島を処分したという報告はまだ届いていなかった。

もう一つは、佐野のことだ。

佐野もまた、Ｍと成宮が送り込んだ刺客だ。

Ｍから工藤への刺客の筆頭として佐野を送り込みたいと言われた成宮は、佐野と接触し、抱き込んだ。

佐野は現体制に不満を抱くグループのリーダーを集め、今回の対決を申し出た。

まだ、わずかではあるが、佐野が工藤を倒し、体制をひっくり返す可能性はある。

が、佐野が完膚《かんぷ》なきまで叩きのめされれば、今回の謀反を主導した責任を問われるだろう。その際、成宮からけしかけられたことを話すかもしれない。

そうなれば、成宮の立場は危うくなる。

「どうしたものか……」

成宮は宙を睨み、下唇を噛んだ。

と、ドアがノックされた。

「はい」

声をかけ、立ち上がった。

「巽です」

ドアの向こうから返事がある。

成宮の表情が硬くなる。

「開いている」

成宮が言うと、ドアが開いた。

巽が姿を見せた。すっと中へ入ってきて、ドアを閉める。

「要件は？」

巽を見つめる。

「今後のことについて、Ｍ氏からの指示がありましたので伝えに来ました」

Ｍという言葉に、成宮の顔が引きつる。

「なぜ、君に？」

成宮が怪訝そうに目を細める。

巽もまた、成宮たちの仲間だ。Ｍとも通じていて、センター内の画策は巽が中心となって行なっていた。

「成宮さんのスマホ、この部屋の固定電話は傍受されているからです。私の方なら、通信ラインをコントロールできますので、私に連絡が来たわけです」

「そうか」

成宮は説明を聞いてホッと息をついた。手前の椅子に腰を下ろす。

「で、Ｍ氏はなんと？」

「現体制を維持、強固にするようにとのことです」

「つまり、佐野には絶対に勝たせるなということだな？」

「そうですね」

巽がうなずく。

「しかし、佐野は工藤に勝てんだろう。会合中の小競り合いを目の前で見たが、大人と子供の戦いのようだった。工藤は強すぎる」

成宮は首を小さく横に振った。

「それでも万全を期すということか？」

巽を見上げる。

「はい。もう、手は打ってあります」

巽がにやりとした。

7

佐野大樹は、自分たちの宿泊兼控室で、仲間とテーブルを囲んでいた。

佐野の部下たちは、顔の下半分を腫らしたリーダーを心配そうに見つめていた。

「そんな顔で見るんじゃねえ！」

苛立った様子で、誰彼かまわず怒鳴りつける。

部下たちはびくともしない。

「佐野さん。いけますか？」

佐野グループナンバー2の鏑木《かぶらぎ》が訊く。

仁部から、二時間後に工藤との戦闘を開始すると伝えられた。が、佐野を見る限り、とても戦える状態にはなかった。

工藤の掌底に打ち抜かれた顎は、顎関節が外れかけていた。佐野が自力で無理やり戻したが、時間が経つほどに顔の下半分が腫れてきて、今ではおたふくのようになっている。奥歯も折れていて、血がなかなか止まらない。顔色も冴えない。

脳が揺らいだせいもあってか、テーブルにかけた肘も時々ふらつく。

「誰に言ってんだ、鏑木」

佐野は睨む。しかし、下膨れの顔では迫力も半減していた。

「ドーピングしていたとはいえ、あの小松崎と藤田を一発で仕留めて、佐野さんもやられた。工藤の実力は本物ですよ」

「わかってる！」

佐野は近くにあったペットボトルを鏑木に投げつけた。

鏑木が首を傾けて避ける。的を失ったペットボトルが背後の壁に当たってキャップが飛び、中の水が飛び散った。

「おまえに言われなくても、手合わせした俺が一番よくわかってる」

佐野は、工藤と対峙した瞬間を思い返し、震えた。

肌の隙間に突き刺さり、入り込んできた威圧感が、神経を這い回るように全身を駆け巡った。

様々な敵と戦ってきたが、対峙した瞬間に勝てないと感じ、恐怖を覚えたのは初めてだった。

「わかってるがな。やらなきゃならねえんだよ」

佐野はテーブルに拳を叩きつけた。載っていたペットボトルや菓子皿が跳ねる。

「やらなきゃならねえって、なんなんですか？」

鏑木が訊いた。他の仲間も佐野を見つめる。

「うちだけが突っ込まなきゃならねえ理由でもあるんですか？」

重ねて訊く。

佐野は目を逸らした。

「なんか余計なもん、抱えてるんですか。俺らに内緒でなんかつまらねえもん抱えちまってんじゃねえんですか。佐野さん！」

鏑木の声が上擦る。他の仲間たちの視線も険しくなる。

佐野は両手の拳を握った。大きく息を吐いて、顔を上げる。

「すまん！」

佐野はテーブルに両手をついて頭を下げた。

「詳しいことは話せねえ。けど、引くわけにはいかねえんだ、俺は。確かに、おまえが言うように、つまらねえことにおまえらを巻き込んじまった。だが、逃げられねえのは俺だけだ。おまえらはここを出ろ」

「一人でやる気ですか？」

鏑木が訊ねた。

「殺られるのは俺一人で十分だ。おまえらは、ここを出たら、自由に生きろ」

佐野は顔を上げて笑った。その笑みに力はない。が、目には覚悟が滲んでいた。

「冗談じゃねえですよ」

鏑木が睨みつける。

「あんたは俺たちの大将だ。大将が退くってんなら退きますけど、行くって言ってんのに見捨てるわけねえでしょうが」

「そうですよ、佐野さん。俺はあんたについてきたんだ。これからもついていきます」

「俺もですよ。今さら、投げ出さんでください」

「頭首と戦って終わるほうがカッコいいじゃねえですか」

鏑木に続いて、仲間たちが口々に思いを言葉にした。みな、笑っている。

「おまえら……すま――」

再び、頭を下げようとすると、ドアが開いた。

赤ラインの入った黒いジャージの上下を着た男が入ってくる。

「なんだ、てめえ？」

鏑木が首を傾け、男を睨んだ。

「本渡グループの直江《なおえ》という者です。上の裁定が出ましたので、伝えに来ました」

「上とは？　相談役か？」

鏑木が片眉を上げる。

「いえ、その上です」

直江の言葉を聞き、佐野の顔が強ばった。

「相談役の上ってのは、Ｍか？」

佐野が訊く。

「そうです」

直江が答える。そして、続けた。

「上層部は、工藤体制を堅持する決定を下した。従って、今回の造反の首謀者である成宮寿一、および、佐野大樹を処分する」

直江が告げると、ドアの向こうからジャージを着た男たちが複数入ってきた。みな、手にはサプレッサーの付いたサブマシンガンを持っていた。

佐野や鏑木たちはとっさに左右に散った。

サブマシンガンが一斉に火を噴いた。テーブルに置いていたペットボトルや菓子が弾け飛ぶ。床や壁を抉る。

鏑木はテーブルの下に潜り込み、天板を下から押し上げ、立ち上がりざま、直江たちの方へ放り投げた。

テーブルが宙を舞う。その天板に複数の銃弾が穴を開ける。

テーブルは直江の頭部に降ってきていた。

鏑木たちはスチールケースの陰に隠れ、テーブルの行方を窺った。

直江に直撃する。

思った瞬間、天板が砕け散った。撥ね返されたテーブルの枠が宙で回転し、天板のかけらをまき散らしながら床に落ちた。

「さすが、佐野グループ。やすやすと銃弾を受けてくれるわけはないか」

直江の右腕が上がっていた。

拳には鋼鉄のメリケンサックが装着されていた。

「なんだ、ありゃ……」

鏑木の後ろにいた仲間が思わず声を漏らす。

直江は決して、大柄というわけではない。筋骨隆々にも見えない。いくらメリケンサックをしているとはいえ、拳一撃でテーブルの天板を砕くほどのパワーがあるとは思えない。

直江は左手を上げた。掃射が止まる。直江の周りには硝煙が漂っていた。

「佐野！　出てこい！　サシで勝負してやる。おまえが勝てば、仲間は解放してやる！」

「信じられるか！」

怒鳴ったのは、鏑木だった。

反対側の寝室のドア陰にいる佐野を見やる。佐野が鏑木のほうを向いた。腰が浮いている。

佐野は鏑木を見て、笑った。

鏑木は顔を小さく横に振った。

しかし、佐野は立ち上がり、ドア陰から歩み出た。

「直江、本当に他の連中を解放するんだな？」

「俺も組織の人間だ」

「そうかい。なら、信用できねえな」

佐野は直江を見据えた。

「てめえだけは、ぶちのめしてやるよ」

いきなり、直江に向かって猛進する。

直江が片笑みを浮かべた。直江の部下たちの銃口が佐野のほうに向く。

「佐野さん！」

鏑木がスチール棚の陰から飛び出した。

その時、直江の背後にいた男が前方に飛んできた。直江と佐野の間に突っ伏す。

佐野が足を止めた。直江と男たちが一斉に振り返る。男たちを縫うように、人影が走った。黒雲を走る雷光のようだ。

次々と銃を持った男たちが倒れていく。

人影が直江の前に現われた。直江は気配を感じ、右フックを振った。

影がスッと沈む。同時に、右脇腹に石礫《いしつぶて》のような固い拳がめり込んできた。

直江はたまらず呻き、身を捩った。

影が上体を起こす。拳が斜め上から迫ってくる。

直江は左腕を上げ、ガードしようとした。が、間に合わなかった。

振り下ろされた拳は、直江の左頰を抉った。

直江の体が真横に倒れ、床でバウンドした。

「工藤！」

佐野が名を叫ぶ。

「銃を奪え！　こいつらを拘束しろ！」

命令する。

佐野も鏑木たちも、わけがわからずフリーズしていた。

「早くしろ！」

工藤が怒鳴った。

佐野たちが一斉に動き出す。

佐野グループの動きは素晴らしかった。

佐野以外は二人一組で動き、前後左右に分かれて相手を翻弄し、的確に急所を捉えた。

佐野は倒れた男からサブマシンガンを奪った。銃口を頭部に向ける。

「殺すな！」

工藤が命ずる。

佐野は舌打ちしながらも手を止め、倒れた男の顎を蹴り上げた。

今度は銃口を工藤に向けた。

「なんで、おまえがここに来たんだ？」

人差し指がトリガーにかかる。

「おまえたちが動くかもしれないと思い、見張らせていた。動いたのはおまえらじゃなかったがな」

「誰に見張らせていたんだ？」

「信頼のおける仲間を、仁部さんの手引きで潜り込ませた。彼らが知らせてくれた」

「本渡じゃないのか？」

「ああ。本渡さんはともかく、内部の者は信用していなかったからな。薬の影響を感じ始めた頃から」

「ということは、今、この場も見張られているというわけか」

「察しがいいな」

工藤が言うと、佐野はセーフティーロックをかけ、銃を足下に落とした。

ドア口からジャージの男たちが入ってきた。直江の仲間ではないようだ。鏑木たちが倒した直江の部下を次々とプラスチックカフで縛っていく。

「俺たちも拘束するのか？」

「僕と戦うんじゃないのか？」

「もういいよ。しらけちまった。好きにしろ」

佐野は首を小さく振った。

「なら、おまえの知っていることをすべて話した上で、僕の下で働くことを誓え」

工藤は佐野を正視した。

鏑木たちは佐野と工藤の様子を遠巻きに見つめていた。

「わかった。おまえに……いや、頭首に従う」

佐野が言う。

「ありがとう。君たちを焚きつけた本当の敵を倒すぞ」

工藤は右手を出した。佐野も右手を出す。

二人は固く握手をした。

# 第6章

## 1

神城は小松崎、藤田らと尾島のマンションに踏み入る準備を整えた。

神城の部下が、発煙筒を付けたクロスボウを十台用意した。

「小松崎グループは玄関から。藤田のグループは裏手から。発煙筒の煙が最上階に立ち上ったら踏み込め」

神城が命ずる。

小松崎と藤田は首肯し、仲間と共に神城の下から離れようとした。

その時、突然爆音が轟いた。鳴動《めいどう》する。

神城たちは思わず身を屈めた。頭の上から破片が降り注ぐ。

「なんだ！」

小松崎が顔を上げた。

マンションの最上階から炎が噴き上がっていた。

「自爆か！」

藤田が言う。

「いや、尾島は自爆するようなやつではない」

神城が答える。

注意深く、周辺を見やる。

と、マンション裏手から出て行く黒いセダンが見えた。爆発が起こっているというのに、急発進するわけでもなく、静かにマンションから離れていく。

神城は黒いセダンを見据え、声を張った。

「車を回せ！」

「どうしました？」

藤田が訊く。

「あのセダン、怪しい。停めて、調べる」

「それは私に任せてください。神城さんは現場の指揮を」

藤田は言うと、右手を振って、仲間を呼んだ。

グループの仲間が駆け寄ってくる。

「車を持ってこい。あの黒いセダン、逃がすな」

指をさす。

黒いセダンは、敷地内から出ようとしていた。

「外に出られるとまずいな」

小松崎が言う。

藤田は各グループの者が持っているクロスボウに目を向けた。

「届くか。みんな、あの黒いセダンに発煙筒付きの矢を撃ち込んでくれ」

命ずる。

クロスボウを持った仲間が発煙筒の先を地面でこすった。発火し、煙がたなびきだす。

横一列に広がり、一斉に構えた。

「撃て！」

藤田が号令をかけた。

一斉に矢が解き放たれた。

煙をまとった矢が弧を描き、黒いセダンに迫る。さながら、ロケット砲のようだ。

敷地出口で車が停まったところで、矢が降り注いだ。

発煙筒は重い。勢いがついた矢がリアガラスやサイドガラスを突き破った。たちまち車内に煙が充満する。周囲に落ちた矢からも発煙筒の煙が湧きだし、ドライバーの視界をふさぐ。

ドライバーはパニックになったようで、急発進した。

視界を失ったままタイヤを鳴らし飛び出した黒いセダンは、コントロールを失い、道路の反対側にある民家に突っ込んだ。

門柱と塀をなぎ倒して、玄関ドアを突き破る。三和土に乗り上げた車は右に傾いて跳ね上がった。

凄まじい破壊音が轟き、ひっくり返った車がリビングのサッシ窓を吹き飛ばし、小さな庭に飛び出してきた。

発煙筒の炎が車のシートに引火し、車の中でメラメラと揺れている。

「住人の救助と避難！　車中の人間を確保！」

神城が声を張った。

藤田、小松崎グループが一斉に動いた。

十数人の男たちが被害を受けた民家へと走る。

神城グループの者も続こうとした。

「残った者は、マンションへ。逃げようとする者、中に残っている者を全員捕まえろ。やむを得ない場合は殺してもかまわん！」

命ずる。

残っていたメンバーはマンションへ向かった。

神城は全体が見通せる場所まで下がり、状況を見つめながら、スマートフォンを手に取った。

## 2

巽は、成宮の部屋でスマートフォンを握っていた。

「はい……はい。わかりました」

手短に話し、電話を切る。

スマホをスーツの内ポケットにしまい、成宮に向き直る。

「M氏か？」

成宮が訊く。

「はい。尾島の処分は完了したそうです」

「よかった」

成宮が安堵の息を漏らす。

「では、このまま工藤体制に合流すればいいだけだな」

「いえ、まだ処理案件が残っています」

「佐野か？」

「M氏からの指令がまだあります。M氏と接点のある者すべてを処分しろと」

巽の手がかすかに動く。

成宮は手前のテーブルを蹴った。テーブルが滑り、巽の足に当たる。わずかに巽の体が揺れる。

成宮は背を低くして、寝室へ走った。

小さな炸裂音がした。右肩を後ろから射貫かれ、よろける。が、寝室に飛び込み、足で蹴ってドアを閉めた。

簡易ベッドのパイプをつかみ、必死にドアへと引き寄せる。

ドアに穴が開く。

飛び込んできた銃弾が、成宮の左膝を砕き、脇腹を貫通する。

成宮は倒れた。

右足で簡易ベッドのパイプを押し、ドアをふさぐ。そして、足裏でパイプを押したまま、マットに隠れるように身を丸めた。

「うまく逃げましたね。驚きました。あなたが危険を察知し、こんなにも俊敏に動けるとは」

言いながら、ガンガンとドアを蹴る。

「あなたもただのネズミじゃなかったということですね。まあでも、ネズミは所詮ネズミ。無駄ですよ」

ドアを蹴り、銃を放つ。跳弾が頬をかすめる。

成宮は叫びだしたい衝動を必死に抑え込んだ。声を出せば、巽に自分の位置を教えることになる。

「手間をかけさせないでください。痛い思いはさせませんから」

巽の蹴りが強くなる。

ベッドごと、床に寝そべった体が押される。少しずつ、ドアが開き始める。

また、銃弾を撃ち込まれる。三発目の弾が右上腕の筋肉に突き刺さった。

「うっ！」

たまらず声を漏らす。

と、巽は成宮に向けて、連射してきた。

成宮はあわててベッドのそばから離れた。尻を擦って、後退する。

巽が思い切りドアを蹴った。

ベッドが滑り、ドアが大きく開いた。

成宮は反対の壁際で身を丸めていた。

「ずいぶん傷つけてしまいましたね。申し訳ありません」

ドア口に立ち、ゆっくりと右腕を起こす。

銃口が成宮に向く。

「やめろ！」

「M氏の命令ですから」

「やめてくれ！　M氏と直接話させてくれ！」

「残念ですが、M氏はもうあなたとコンタクトを取ることはないと明言しました。あなたは終わりです。せめてもの温情として、あなたの頭部を一発で撃ち抜いてあげましょう。自分が死んだかどうかもわからないほど一瞬であの世に行けますよ」

巽がトリガーにかけた指を動かした。

「やめてくれ！　やめてくれ！」

顔の前に両手を立て、首をすくめて、頭を右に左に振る。

巽はため息をつくと、発砲した。右脚の脛に当たる。

成宮は相貌を歪めた。皮膚を抉った弾丸が骨を砕いた。声も出ないほどの痛みが脳天を突き抜け、こめかみから脂汗が噴き出した。

脚を押さえて横たわり、震える。

「動くと痛い思いをするだけですよ」

もう一発、発砲する。

今度は右足の甲を砕かれた。あまりの激痛に震えが止まらなくなる。

「私はサディストではないんです」

ゆっくりと中へ入ってきて、成宮に近づく。

「素直に殺させてください」

立ち止まり、真上から頭部に銃口を向けた。

成宮はもう、抵抗する気力はなかった。目を閉じようとする。

その時、ドンと腹に響く発砲音が轟いた。

何かが降ってきて、成宮が目を開く。

「なんだ……？」

震えながら、首を傾ける。

巽の動きが止まっていた。正面の壁を見つめ、突っ立っている。

成宮は巽の様子を見つめていた。

と、再び太い銃声がする。巽の頭部が花火のように弾けた。血と脳みそが飛び散り、成宮の顔や体に降り注ぐ。

成宮は凍りついた。

巽の体が前にぐらりと傾く。首が垂れる。飛び出した眼球が成宮の顔の前に落ちてきた。

成宮の口から小さな悲鳴が漏れた。

巽は顔から壁に倒れた。そのまま顔をこすりつけ、ずるずると崩れ落ちる。巽の体が成宮の上にのしかかった。

成宮は顔を引きつらせ、必死に巽の屍《しかばね》を振り落とそうともがいた。

五人の男たちがドア口近くに立っていた。

真ん中の男に目を向ける。

「頭首……」

工藤だった。手には大きなリボルバーを握っている。

「レッドホーク……」

　成宮は目を見開いた。

　左右に並んで立っていたのは佐野と佐野グループのメンバーだった。

「なぜ、ここへ？」

「本渡さんに頼んで、施設内のすべての部屋と敷地内を監視していました。その中、あなたと巽の様子を本渡さんが伝えてくれたので、佐野とともに急行しました」

　工藤は話し、佐野に顔を向けた。

「佐野。巽の遺体を運び出せ」

「承知しました。おい」

　佐野が仲間に指示をする。

　一人が青いビニールシートを持ってきた。

　四人がかりで屍を抱えてビニールシートに載せる。遺体を包んで、上中下とロープで縛った。

「どうしましょうか？」

　佐野が工藤に訊く。

「安置室に運んで、遺体の写真を数枚撮っておいてくれ。その後は焼却処分で」

「かしこまりました。行くぞ」

佐野が一礼して、仲間に声をかける。

佐野グループの面々は遺体とともに部屋を出た。

「頭首。佐野と戦ったのですか?」

成宮が訊く。

「いや、戦う必要はありませんでした。決着はとっくについていましたので」

「あなたの支配下に置かれたということですか?」

「支配という言い方は少し違います。信頼のおける部下になったということです。すべてを話してくれましたから」

工藤が言うと、成宮は大きく目を開いた。そして、うなだれる。

「すべてということは……」

「あなたのこともわかっています。あなたにもすべてを話してもらいたい」

「私は……すべてを話した後、殺されるのでしょうか?」

成宮が力ない声で訊く。

「あなたの態度次第です。監視は映像だけでなく、音声も拾っています。あなたがM氏とやらの協力者であることは、巽との会話でわかっています。嘘偽りなく、すべてを包み隠さず話していただければ、僕も考えましょう。少しでも自己保身を図ったと僕が判断した時は、二度と太陽の光を浴びることはないと肝に銘じておいてください」

静かだが、痺れるような威圧感を漂わせる。

「承知しました……」

成宮は観念し、床に目を落とした。

本渡が入ってきた。本渡の部下がストレッチャーを運び入れる。

本渡は工藤の脇に駆け寄ると、両膝をついて土下座をした。

「頭首。この度は、うちの巽が申し訳ありませんでした。すべては私の監督不行き届き。どんな処分も受け入れる所存です」

「その件は後ほど。成宮さんを医務室へ連れて行って、治療を施してください。何が何でも生かすように」

工藤は成宮を見つめた。

「生死も自由にならないのか……」

成宮はまた大きなため息をついた。

本渡の部下が成宮を担架に乗せた後、ストレッチャーに上げて、運び出していった。

本渡が立ち上がる。

「どうしますか、これから？」

工藤に訊く。

「巽の下で動いていた本渡グループの者をすべて洗い出して捕らえ、拘束して、どこかにまとめて監禁しておいてください。巽が殺され、犯人を捜していると館内放送で流せば、動揺して逃げ出そうとする者も出てくるでしょう」

「なるほど。承知しました」

「神城さんたちが尾島のマンションで捕らえた者もここへ運ばせますので、同様に拘束監禁して、監視しておいてください。四肢は動けないようにしてもかまいませんが、殺さないように。僕は仁部さんたちとM氏を特定し、この件を処理します」

「わかりました。すぐ、そのようにします」

本渡は一礼し、部屋を出て行った。

工藤は飛び散った血糊を見つめて、息を吐くと、レッドホークを握りしめた。

3

大手製薬会社の会長を務め、現在は相談役として籍を置いている三神新造《みかみしんぞう》は、伊豆市にある邸宅の書斎にいた。

ハイバックチェアに腰かけ、受話器を握っている。

「そうか。ご苦労」

報告を受け、受話器をそっと戻す。

「直美《なおみ》さん！」

大声で呼びかける。

少しして、ドアがノックされた。

「お呼びですか？」

女性の声だった。

「入ってくれ」

言うと、六十歳手前のふっくらとした女性が入ってきた。

住み込みで働いている家政婦、馳《はせ》直美だ。もう三十年近く、三神邸で働いている。

元々は、他界した妻が開いていた手芸教室の生徒だった。

結婚していたが、不慮の事故で夫を亡くし、うちひしがれているところを、一人にしておけないと思った妻が声をかけ、共に暮らす家政婦として三神邸へ来ることになった。

直美は家事を切り盛りする傍ら、妻の手芸教室をサポートした。

妻が癌で闘病生活を強いられてからも、三神邸の家事一切に加え、妻の介護もしてくれ、最期も看取った。

三神にとって、唯一、信頼のおける人物だった。

直美は三神の机の前まで来た。

「なんでしょうか？」

「今まで、ご苦労さんだったね」

三神が唐突に切り出す。

直美は驚いて、目を見開いた。

「どういうことでしょう？」

「今日で、お役御免だ」

「クビということですか？　私、何か粗相《そそう》しましたでしょうか？」

直美は突然の解雇宣告に涙ぐんだ。

「いや、クビというより、定年と捉えてほしい。私にはもう、身の回りの世話は必要なくなるからね」

「どういうことですか？　意味がわからないのですが……」

「細かいことは話せないんだ。退職金と新たな住まいはすぐに用意させる。やりたい仕事があれば、就職できるよう手配しよう。事業を起こすなら、しかるべき筋を紹介する」

「私は、旦那様のお世話を……」

「申し訳ない」

三神は天板に手をついて、頭を下げた。

直美は目を丸くした。

三神が誰かに頭を下げるところなど、ただの一度も見たことがない。

よほどのことなのだろうと感じ、解雇を受け入れるほかなかった。

「承知しました。私はいつ、ここを出ればよろしいのでしょうか？」

「明日の昼までには出て行ってほしい。新居が決まるまでは、温泉旅館を手配するから、そこでこれまでの疲れを癒すといい。あなたの荷物は、運び出して倉庫に保管しておく。この家にあるもので、欲しいものがあれば、それも世話役の者に伝えてくれれば、倉庫に運んでおくから」

「旦那様、いったい何を――」

つい、また訊こうとすると、三神は右手のひらを上げて制した。

「納得いかんだろうが、ここから先のことを直美さんの耳に入れるわけにはいかないのだ。あなたの身に危険が及ぶ。子供のいない私たち夫婦に尽くしてくれたあなたに、せめてものお礼をしたいだけ。三十年にわたる長い間、本当にありがとう」

三神が再び、頭を下げる。

「こちらこそ……ありがとうございました」

直美は深々と頭を下げた。指の腹でこぼれてくる涙を拭う。

三神はうなずき、目を細めた。しばし、直美や妻と三人で暮らしてきた日々を懐古《かいこ》し、噛み締める。

そして、大きく息をつき、真顔になった。

「直美さん、最後に一つだけ、仕事を頼みたい」

直美は顔を上げた。三神の顔つきが変わっていることに気づき、自分も涙を拭って、唇を引き締めた。

三神は机の一番下の引き出しを開けた。

取っ手の付いた紫色のビロードのケースを取り出し、机の上に置く。

「私に関する報道が、おそらく一週間前後で出ると思う。それを確認したのち、このケースをここへ届けてほしい」

三神はメモを取って、住所と名前を書き込んだ。ポケットからケースの鍵を取り出し、メモと一緒に直美に渡す。

「中身は決して見ないように。そして、このことは死ぬまで口外しないよう。あなたのために」

三神が直美を見つめる。

直美はまっすぐ見つめ返した。

「承知しました。必ずや、届けます」

返事を聞いて、三神は微笑み、深くうなずいた。

直美はケースとメモと鍵を取ると、深々と腰を折り、部屋を出た。

三神は受話器を取って、相談役を務める会社の現会長に連絡を入れた。

直美のことを話し、すべての手配を早急に整えるよう依頼する。

現会長の承諾を聞いて、受話器を置いた。

肘掛けに両腕を置いて大きく息をつき、天井を仰ぎ見る。

「さて、最後の仕上げをさせてもらいますよ、長老」

つぶやき、目を閉じた。

# 4

工藤は仁部や神城と共に、今回の騒動を画策したと思われるM氏の特定に全力で当たった。

組織の総力を動員した。

今回の騒動を注意深く眺めていた組織内のグループの長たちは、謀反を起こしたはずの藤田や小松崎、急先鋒だった佐野までもが率先して工藤に従い動いている様を見て、工藤を頭首として認め、素直に指示に従うようになっていた。

仁部と神城は、ふらついていた組織が、工藤の下、急速に一つにまとまっていくのを肌で感じていた。

「怪我の功名か？」

仁部が言う。

「そうでしょうが、それもこれも工藤が本気で動いたからです。また、この組織をまとめるだけの力が工藤にあったということでしょう。強いだけでは、海千山千の人間をここまで一つにまとめ上げることはできません」

神城が答える。

仁部は強く首肯した。

捕らえた者たちの証言や薬の入手経路などを丹念に調べ上げた結果、一つの結論に行き着いた。

M氏は、星和製薬の相談役、三神新造であろうと。

三神は長老時代に相談役を務め、その後、組織運営や相談役を決定する上層部の一人となった。

三神であれば、工藤の打倒や組織の体制変革を唱えても、その下の者たちが聞く耳を持つだろう。

上層部には、二通りのタイプの者がいる。一つは相談役から上へ上がって行く者。もう一つは、まったくそれまで組織と関係のないところから就任する者。

組織のことを知らない者が、組織の変革を訴えても下の者はついてこないだろう。そんなことできるわけがないと一蹴される。

しかし、三神のように、実際の現場に近い相談役を経て上がっていった者の言であれば、それなりに理屈の通った論理は立てられる。

しかも、三神は長老時代から組織に属している重鎮だ。

組織をよく知らない新参者や、長老時代を知らない若手は、大きなバックアップを得たような気分にもなる。

藤田に偵察に行かせると、三神邸には尾島のような工藤に反目する組織の人間が集まっているとの情報が入ってきた。

工藤はさっそく、三神邸の衛星写真と邸宅の図面を入手し、仁部や神城、他のグループリーダーたちと協議し、攻め入る算段を整えていた。

三神邸は山間にあり、森に囲まれていた。

切り開いた敷地の真ん中に大きなL字の平屋が建っている。

一見、攻めやすそうだが、建物周りの庭には木々はなく、フラットに見渡せるようになっている。

建物周りを敵に固められ、武装されれば、庭に踏み出したとたんに狙い撃ちされる。

森の中にはセンサーらしきものもあるとの報告が藤田からもたらされている。

おそらく、ロケット弾を撃ち込まれることを想定しての警戒だろう。

よく考えられた配置だった。

「こりゃあ、どこからどう攻めても、こっちに犠牲者は出てしまいますな」

小松崎が腕組みをしてうなる。

「犠牲なんぞ気にしてたら、敵は殺れねえ。工藤さん、かまわずぶっこみましょう」

佐野が鼻息を荒くする。

「待て待て。死者を多く出しては、組織の貴重な戦力を減らすことになる。それは上層部も望んでいない」

仁部がたしなめた。

佐野は仏頂面で椅子にもたれた。

「火でも放ちますか？」

藤田が口を開いた。

「山火事を起こせば、センサーも役に立たなくなるし、煙で敵の視界も遮《さえぎ》ることができます」

「それはありだな」

神城が首を縦に振る。

「それでは被害が大きくなりすぎる」

工藤はテーブルに手を置いて、机の図面を睨んだ。

「神城さん。曳光弾《えいこうだん》を用意できませんか？」

工藤が訊く。

「どうする気だ？」

「センサーはそのままで、夜間に急襲します。センサーの反応を見れば、敵は暗闇で狙い撃ちしようと暗視ゴーグルを装着するでしょう。そこに曳光弾を撃ち込めば、多くの敵は目がくらんで戦闘不能になる。その隙を突いて、四方から屋敷に攻め入り、敵を殲滅する」

「なるほど。それなら、被害も少なそうだな」

仁部が言った。

「いい作戦ですね」

藤田が微笑んだ。

「仁部さん。上層部には、作戦を開始してから報告してください。事前に話せば、敵に伝わるかもしれませんから」

「わかった」

首肯する。

「神城さんは武器の調達を。他のグループは四班に分かれ、四方から急襲する手はずを整えておいてくれ」

藤田たちを見回す。各リーダーは強く首を縦に振った。

「決行は？」

神城が訊いた。

「二日後の午前零時に開始します。それまでに準備してください」

「承知した」

神城が立ち上がる。他のリーダーたちも腰を浮かせた。

「一つ。三神は殺すな。捕らえて、僕の前に差し出すように」

工藤の言葉に、みなそろって返事をし、立ち上がった。

5

三神邸は闇と静寂に包まれていた。

三神は一人、書斎にいた。

今晩、工藤ら組織中枢のメンバーが三神邸を襲うという情報が入っていた。

巽が殺られ、巽と尾島の仲間、成宮までが拘束されたという情報も得ている。

その時から、いずれ組織が三神の存在を特定し、攻めてくることはわかっていた。

三神は、反主流派のチームに総動員をかけ、私邸に集め、警備を固めさせた。さらに、ここで工藤ら主流派のチームを殲滅すれば、我々が主流派になると鼓舞している。

屋敷の周りを固めている者たちは、千載一遇のチャンスに色めき立っていた。

「まだまだ、穴が多いな……」

三神は手元に置いたノートに、遺すべき事項を書き込んでいく。

ノックがされた。

三神はノートを閉じ、ドアの方に目を向けた。

「入れ」

声をかける。

白髪頭の小柄な男が入ってきた。歳は取っているものの、体はがっちりとしていて、目つきも鋭い。

美濃部康弘《みのべやすひろ》。長年にわたり、長老率いる組織で幹部を務めていた。長老の後、組織を引き継ぐのは美濃部だろうと囁かれていた時期もあったが、工藤の台頭や徳丸兄弟の反乱があり、美濃部の後継話は立ち消えた。

やがて、工藤を象徴とする相談役の集団指導体制へと移行したが、美濃部ら、古参の一部は神城たちに頭を押さえられていることを決して良しとはしていなかった。

その不平不満を拾い上げていたのが、三神だった。

そこで、美濃部たちを焚きつけ、現体制への反乱を画策した。

美濃部はドア口で一礼し、中へ入ってきた。

「首尾はどうだ？」

「万全です。屋敷の四方を固めました。連中が攻めてくるのは夜ですから、暗視ゴーグルを取り寄せました。明かりを消して待っていれば、捕獲される獣のごとく入ってくるでしょう。そこを狙い打てば楽勝です」

「昼に攻めてくるということは？」

「ありません。確かな筋からの情報です」

美濃部が自信を覗かせる。

「……そうか。では、現場の指揮は君に一任する。工藤たちを一掃してもらいたい」

「お任せください。その後は――」

「後継の話は、上層部に通してある。君は、工藤討伐に専念してくれたまえ」

「承知しました」

「私はここにいて、戦況を見守る。朗報を待っているぞ」

三神が言うと、美濃部は深く首肯し、そのまま頭を下げ、部屋から出て行った。

三神は美濃部の残像を冷ややかに見つめた。

# 6

決行の夜が来た。

工藤は正面から佐野グループの者たちと突入することにした。

屋敷の左手からは藤田グループを中心とした者たち。右手からは小松崎率いるチームが攻め入る。

屋敷背後の山の上には、神城グループの者が待機していた。銃を得意とする玉井グループの者も、山の上から屋敷を狙っている。

工藤が付けたインカムに神城の声が届いた。

——工藤、山頂の準備は整った。いつでもいけるぞ。

神城の声を聞き、各所からも声が届く。

——藤田チームもいけます。

——小松崎チーム、すぐにでも行くぜ！

工藤は報告を受け、隣にいる佐野を見た。佐野の耳にも各班からの報告が届いている。

「こっちもいけます」

佐野が言った。

工藤はうなずき、屋敷に目を向けた。

襟元のピンマイクを口に近づける。

「全員、少しずつ前進して、センサーに反応させろ。一分後、屋敷の縁を取り囲め。その直後、照明弾を発射。続いて、曳光弾で屋敷周辺の敵に一斉掃射。それを合図に三方から突入する」

工藤が指示をした。

インカムに全員の返事が届く。

工藤は佐野を見た。佐野は首を縦に振り、右手を振って、仲間に合図をした。

二十名以上のメンバーが一斉に動き出す。

木の枝や岩陰に仕込んでいるセンサーの明かりが、かすかに赤く光る。

「雑ですね。暗闇では、LEDの明かりは眩しすぎます」

佐野が周囲を見回しながら警戒する。

「警告の意味もあるんだろう。逆に、昼間でも認知できるだろうから、意味がないわけではない」

「侵入させないということですか？」

「だろうな。ここは三神氏の私邸。要塞ではないだろうから」

話しながら、道なき山肌を草木をかき分け上っていく。

三神邸の庭の縁まで来た。植え込みが囲い塀になっているが、成人男性くらいの高さだ。ブロックや石垣はなく、有刺鉄線のようなものが張られている様子もない。

植え込みを抜ければ、即、庭に出られる。

山の中にセンサーを仕込むほどの警戒ぶりとは打って変わって、屋敷周りのガードは驚くほど手薄だった。

「なんだ、こりゃ？　踏み込んでくださいと言わんばかりの囲いだな」

佐野が目を丸くする。

「うまいな」

工藤がつぶやいた。

「うまいとは？」

佐野が訊く。

「山中は過剰ともいえる警戒を見せておいて、家の周りはわざと手薄にする。よほど度胸のある手練れでない限り、敷地に踏み込めば何かあると勘繰って、ここで引き返すだろう。頑強な防護壁で囲うより効果的だ。コストもかからず、景観も壊さない」

「しかし、踏み込まれれば、逆にたやすく落とされてしまいます」

「そこは手を打ってあるだろう。三神氏も組織の人間であるからには」

工藤は植え込みの先を見据えた。

「そうですね」

同じく佐野も屋敷に目を向ける。

藤田と小松崎から指定位置に到着したとの連絡が入った。

「神城さん、お願いします」

工藤が言った。

神城からの返事が来てすぐ、山頂から複数の照明弾が放たれた。火花が尾を引き、屋敷の上にまで落下してきて弾ける。

屋敷全体が目も眩《くら》むような白い閃光に包まれた。

まもなく、光の筋を描き、曳光弾による一斉掃射が始まった。

「行くぞ！」

工藤は先陣を切って、植え込みに突入した。

# 7

美濃部は、屋敷内の本部として使っている部屋で反体制グループの長数名とモニターを監視していた。

屋敷裏手の山側以外の三方から、工藤たちが迫ってきている様子が赤い点で示されていた。

「結構な人数ですね」

脇で覗いていた男が言う。

「向こうは本隊だ。それなりの人数をかけてくるのも当然。だからこその待ち伏せ作戦だ」

美濃部がモニターに目を向けたまま言う。

「ここから、一気に攻めてくるという情報は確かですかね？」

テーブルの向かいのソファーに座っている男が思いを口にする。

「絶対とは言えんが、これを見る限りは間違いなさそうだな。工藤ももう少し頭のいい男だと思ったが、買い被りすぎたか」

美濃部が腕を組む。

「力を持つと、強引な手段に出たくもなるのでしょう。それこそ、我々の思うつぼですがね」

脇にいた男が片笑みを覗かせた。

「待機している者たちに伝えろ。まもなく、工藤たちが突入してくる。合図とともに一斉掃射を――」

美濃部が指示を出そうとしたとき、炸裂音が轟き、屋敷が揺れた。

まもなく、カーテン越しでもわかるほどの光が室内にいる者に浴びせられた。

「なんだ！」

美濃部は目を細めた。

外で銃声が轟いた。モニターを見やる。組織の大群が三方から庭に突入していた。

美濃部の部下がなだれ込んでくる。

「美濃部さん！　照明弾と曳光弾です！　山頂から撃たれました！」

「まずいですよ！　庭に待機させていた者たちは暗視ゴーグルを装着しています！」

脇にいた男が言った。

「わかってる！」

美濃部はテーブルに拳を叩きつけ、立ち上がった。

「動ける者は、屋敷内から応戦しろ！　おまえらも行け！」

テーブルを蹴り飛ばす。

ひっくり返り、テーブルに置いていたノートパソコンやカップが床に散らばった。

対面のソファーにいた男は飛び退いた。脇にいた男と顔を見合わせると、部屋から駆け出て行った。

「どういうことだ……」

拳を握り締めて震える。

工藤たちが、美濃部らが闇討ちする作戦を読んでいたのか。それとも、こちらの情報が漏れていたのか。

いずれにしても、外にいた者たちは目をやられて、まともに戦えないだろう。すでに殺られているかもしれない。

庭で決着を付けるつもりでいたので、屋敷内は手薄だ。

このまま工藤たちに攻め入られれば、勝ち目はない。

「どうする……」

そこに別の部下が飛び込んできた。

「美濃部さん！　工藤がいます！」

「なんだと！」

驚いたように顔を起こす。

「どこにいる！」

「佐野と共に、自ら先頭に立って攻め入ってきています」

「何を考えているんだ」

美濃部は困惑の色を浮かべた。

大将自らが先頭に立って敵陣に踏み込んでくるとは、考えもしなかった。

これは、主流派と反主流派の争い。工藤が首を獲られてしまえば、主流派はたちまち瓦解する。

大将は最後の砦。守られるべき場所で指示を下すべき。

なのだが……。

舐められているのか、それとも、本当の愚か者なのか。

戸惑いと憤りがない交ぜとなり、沸々と怒りが沸き上がってくる。

「全員に通達しろ。敵は工藤ただ一人。全力で工藤の首を獲れ！」

「承知しました」

部下が部屋を出て行く。

「待ってろよ、くそったれが」

美濃部は銃を入れたジャンパーを取って着こみ、自分も本部室を出た。

## 8

光の筋が飛び交う三神邸の庭では、壮絶な殺し合いが始まっていた。

敵は予期しなかった照明弾の閃光に狼狽し、右往左往するところを曳光弾で狙い撃ちされていた。

暗視ゴーグルをつけ、工藤たちを待ち構えていた敵は、山頂からの掃射で、次々と倒されていった。

曳光弾の光の筋は、屋敷までの距離を測るのにも役立っていた。

工藤ら主流派の面々は距離を詰めながら、銃やナイフ、素手で、現われた敵を戦闘不能に追い込んでいった。

工藤は、殺さずに済む者は殺すなという命令を出している。敵とはいえ、仲間でもある。戦意を失った者まで殺すことはない。また、それは主流派が冷酷残忍な行動は取らないというメッセージにもなる。

小松崎や藤田も工藤の命令に従い、相手をねじ伏せながら、屋敷へと迫った。

佐野と佐野グループの精鋭は、工藤をガードしながら屋敷へまっすぐ向かっていた。

銃を持った敵を見つければ、いち早く射撃する。刃物を持った敵が現われても、二人、三人と同時に動き、足を止めることなく一瞬で相手を倒す。

見事に連携が取れていた。

センターで彼らが万全の状態で、なおかつ、自分がドーピングされていなければ勝てていたかどうか……と思うほどの圧倒的強さだった。

敵としてみると怖い存在だが、仲間となれば頼もしい。

屋敷まで真っ先に辿り着いたのは、工藤と佐野のグループだった。

玄関前で左右に散る。佐野グループの者たちが銃を構えてうなずき合った。

ドアを蹴破ると同時に、発砲する。応戦する発砲音も響く。

工藤も腰に差した銃を抜いた。レッドホークだ。正面階段の上に敵を見つけ、引き金を引く。

腹に響く炸裂音が轟いた。その轟音に、敵は怯み、身をすくめた。

工藤の放った銃弾は、男の右肩を射貫いた。弾かれた男は回転しながら後ろの壁に当たり、跳ね返って階段から転がり落ちた。

他の敵にも、佐野グループの銃弾が襲い掛かる。的確な射撃で、一人、また一人と階段脇に沈んだり、手すりを乗り越えてエントランスに落下したり。気がつけば、玄関を固めていた敵はすべて倒していた。

硝煙のニオイが漂うエントランスに、少し静寂が訪れる。

「佐野。おまえたちは藤田と小松崎たちと共に、この屋敷内にいる敵を制圧しろ。僕は三神を捜す」

「では、俺も――」

「大丈夫だ。一人の方が動きやすい。敵もまさか、僕が一人で動いているとは思わないだろう。もし、三神を見つけたときは、なるべく傷つけず捕らえておけ」

「わかりました」

佐野はグループの仲間に目で合図をして、屋敷内に散った。

工藤は彼らを見送り、廊下を奥へと進んだ。事前に調べていた建物内部の構造と間取りを思い浮かべる。

建物は二階建てで、玄関正面の大階段の他、右手奥にも二階へ上がる階段が設置されている。上がってすぐのところに書斎がある。

おそらく、三神はそこにいる、と工藤は踏んでいた。

あてずっぽうではない。

屋敷内の位置関係を考えると、書斎は東側窓から一つ部屋を挟んだ西側にあり、山側の面からも少し離れた場所にある。しかも、正面階段からは遠い。

屋外四方から狙いにくく、屋敷内に入ってからも、正面階段と廊下、右奥階段へと続く廊下と階段をガードすれば、守備を堅牢にしやすい。

三神が本丸だとすれば、守られるべき対象。必然、最も守りの堅い場所にいるはずだ。

工藤が奥へ進もうとすると、廊下の左右にあるドアが一斉に開いた。男たちが飛び出してくる。

工藤は左右に乱射し、相手を制しつつ、一番近い部屋のドア前に駆け寄った。

ドアを前蹴りで押し込む。出てこようとした男がドアに当たり、室内へ弾き飛ばされる。

工藤は敵の銃弾をかいくぐり、中へ入った。銃を向けて、発砲する。

レッドホークの轟音に、中にいた男二人は腰を抜かして屈み込んだ。

工藤は素早く駆け寄り、手前の男の顎を蹴り上げた。男は仰け反って後方へ飛んだ。その男の体がもう一人の男の上にのしかかる。

もう一人の男が潰れて、さらに腰を落とす。工藤はススッと摺り足で間合いを詰め、右脚を振り上げ、後頭部に踵を落とした。

ゴッ……と鈍い音がして、もう一人の男がフロアに沈む。最初に工藤に蹴られた男の体が、もう一人の男の背中から滑り落ちて仰向けになった。

工藤は鳩尾に足底を叩き入れた。男は息を詰め、気絶した。

男たちを見下ろし、工藤はレッドホークのシリンダーを出し、弾を入れ替え、腰に差し込んだ。

屈んで、男たちの得物を探る。オートマチックの拳銃が二丁、替えのマガジンが一本ずつ、サバイバルナイフ、伸縮警棒、ナックルダスターも出てきた。

工藤はナックルダスターをポケットに入れ、サバイバルナイフをホルダーごと腰のベルトに差し、拳銃二丁とマガジンを取った。拳銃の残弾を確認し、スライドをこする。撃鉄が起きた。

工藤はドア脇の壁に背を当て、廊下の気配を探った。複数の殺気がゆらゆらと蠢《うごめ》き、近づいてくる。

玄関側からも敵の気配を感じた。

挟み撃ちか――。

工藤は息を大きく吸い込んで息を止め、気合を入れた。両眼を見開き、廊下に躍り出る。

同時に両腕を左右に広げ、気配に掃射した。悲鳴が上がり、男たちが倒れる。

玄関側に向けていた右腕を、廊下の奥に向けた。敵が廊下にひしめいている。

工藤は、拳銃の引き金を引きまくった。二丁の銃口が火を噴く。放たれた数多《あまた》の銃弾は弾幕となり、敵に襲いかかる。

工藤は廊下を奥へ進みながら、銃を撃ち続けた。

相手も応戦する。が、隠れることもなく、廊下の中央を射撃しながら進んでくる工藤の迫力に動揺し、的を外す。

時折、頬や腕を銃弾が掠めるが、かまわず敵を撃ち、前進する。

右手の銃の弾が切れた。左の銃の弾を撃ちつくし、近くの部屋に飛び込む。

敵が一気に間合いを詰めてきた。

工藤はストッパーを外してマガジンを落とし、新しいマガジンをセットして、スライドを引いた。

敵が部屋へ入ってきた。その影に向け、発砲する。弾丸は男の顔の前を横切り、フロアを抉った。

しかし、マズルフラッシュに目を焼かれ、男は顔を押さえて、工藤の足下でもんどり打った。

工藤は再び、廊下に飛び出した。

目に映る敵に発砲する。

だが、一度奇襲を受けた敵は少し落ち着きを取り戻していた。工藤の放つ銃弾が的確に敵を倒す傍ら、工藤も手や足に被弾した。

人数も減ったようで減らない。むしろ、増えているように映る。

しかし、工藤には好都合だった。

狭い廊下に人がひしめけば、銃は使いにくくなる。

工藤は銃を撃ち尽くし、放り投げた。上体を低くして正面へ走りながら、ポケットからナックルダスターを出して右指に嵌《は》め、左手にはホルダーから抜き出したサバイバルナイフを握った。

止まらない工藤に、男たちが一斉に銃口を向ける。

工藤は右の敵の塊に飛び込んだ。銃口が工藤を追った。銃を持った敵の視界に仲間が映り、わずかに発砲を躊躇する。

ポイント数秒、敵の動作が停まった。

工藤は低い体勢のまま、目の前の男に強烈な右のロシアンフックを叩きこんだ。

男の鼻頭がめり込んだ。後方に吹っ飛び、後ろにいた敵をなぎ倒す。

すぐ脇にいた敵が銃口を向けた。

工藤は左手に握ったナイフを振り上げた。手首を切り裂く。敵はたまらず肘を折って、手首を握った。同時に引き金を引き、発砲音が轟く。銃弾が天井を抉る。

それを合図に、敵が発砲し始めた。

工藤は拳とナイフを振るい、敵の間隙を縫った。乱れ飛ぶ銃弾が同士を討つ。

現場は再び混沌とした。それに乗じて、工藤は階段を上がる。

切りつけ、殴りつけて、敵を階下へ叩き落とす。廊下にいた男たちは上がってこられない。上にいる者たちも銃を使えず、右往左往している。

工藤は目に映る敵の懐に踏み込んでは、ナックルダスター付きの拳を相手の腹部に叩き込み、左手のナイフで腕を刺したり腱を切ったりして、敵を戦闘不能に追い込む。

その速さに、敵は狼狽していた。

工藤は一気に最上部まで来た。残っていた男がナイフを突き出してきた。

工藤は左手のナイフを立てた。ブレードで切っ先を受け、外側に角度をつけて開く。ナイフの切っ先と相手の右前腕が、ブレードをすべるように工藤の左頰の脇に抜けていく。

工藤は膝を少し曲げた。そして、立ち上がりながら腰をひねり、男の顎に強烈なアッパーを叩きこんだ。

ナックルダスターが男の顎を砕く。そのまま腕を伸ばしきる。男の体が浮き上がり、長い滞空時間を経て、背中から落ちた。

口から血を流す男は、仰向けになり、痙攣した。

ふっと息を吐く。

と、工藤の前髪を掠めるように銃弾が飛んできた。

強烈な殺気を感じ、左側を向く。

「お見事。さすが、現頭首だけはある」

小柄な白髪の男が立っていた。

顔の皺から六十を超えるであろう年齢は容易に察せられる。

しかし、その肉体は鍛え上げられていてたるみはない。

何より、体からにじみ出る覇気は、これまで対峙してきた敵とは比べものにならないくらい強い。息が詰まりそうなほどの圧がある。

その背後には、これまた屈強な圧を放つ男たちがひしめいていた。配置からみて、男の部下らしい。

「右階段から一人で突破してくるとは、想像していなかった。とはいえ、手薄にしていたつもりはないがね」

「あなたは？」

「美濃部康弘。美濃部グループのリーダーだ」

男が言う。

工藤は見据えたまま、記憶をたどった。が、思い浮かばない。

美濃部は工藤の様子を見て、小さく笑った。

「現頭首はご存じないか。次期頭首と噂されていたこともある俺も落ちぶれたもんだ」

顔を横に振る。

それを聞いて、工藤は思い出した。

小暮を倒し、長老と初めて会った時、後継者問題の話し合いの中でミノベという名を聞いたような覚えがある。

当時、組織にも頭首にもまったく興味がなかったので、うろ覚えではあるが、長老が、工藤が継がない場合の後継者として何人かの名前を挙げた中にあったかもしれない。

「申し訳ありません。仮でも組織の長として傘下にあるグループのことを把握していなかった点は謝ります」

工藤は頭を下げた。

美濃部は失笑した。

「おいおい……。部下に頭を下げる頭首など見たことないぞ。おまえ、頭首たる自覚はないのか？」

「間違ったことは詫びる。人として当たり前のことです」

工藤はさらりと言い、美濃部を見据えた。

「あなたがこの反乱の首謀者ですか？」

静かに訊く。

「だったら？」

美濃部は冷ややかに見つめた。

「であれば、すぐにでもこの争いをやめていただきたい」

美濃部をまっすぐ見返す。

「無益な争いは誰のためにもならない」

両眼に力がこもる。

美濃部の目尻がかすかに引きつった。後ろにいた男たちが工藤の圧に押され、少し上体を仰け反らせる。

「さすが、頭首だけはあるな」

美濃部の顔から笑みが消えた。

「とはいえ、もう止めるわけにはいかない。どうする？」

工藤は手に持ったナイフを投げ捨て、ナックルダスターを外して放った。

「ならば――」

「あなたをねじ伏せるのみ」

工藤は拳を握って、地を蹴った。

美濃部が銃口を向ける。

工藤は瞬時に美濃部の右側に動いた。すぐステップを切り、体を左へ戻す。鋭い切り返しに、美濃部の腕がついていけない。

間合いを詰めた工藤は、上体を沈めた。伸び上がりながら、銃を持った美濃部の右前腕にアッパーを放った。

美濃部は腕を引き損ねた。様々な攻撃を受けてきたが、銃を持った腕を拳で狙ってくる者などいない。予測できなかった。

工藤の拳が、美濃部の前腕に食い込んだ。骨が軋むほど、硬く鋭く重いパンチだ。

美濃部の腕が跳ね上がる。指先が痺れ、銃が舞い上がった。天井に当たり、落ちてくる。

背後にいた美濃部の部下の一人が銃口を向けた。

工藤はそれを目の端で捉え、美濃部の体の陰に隠れた。

部下が銃を引っ込める。

美濃部に前蹴りを放った。美濃部は腕をクロスさせ、胸元から腹をガードした。蹴りを受け止める。

強烈な蹴りが美濃部の体を弾き飛ばした。真後ろにいた部下が受け止め、後退する。

部下たちは一瞬、美濃部に気を取られた。

工藤は右側の男二人に迫った。最も右端にいた男のボディーに右拳を叩き込む。その左脇にいた男に、左の裏拳を放った。

裏拳は男の顔面に食い込んだ。よろよろと後退する。

ボディーを打たれて前屈みになっていた男の髪の毛をつかんで引き寄せ、右膝を叩き込んだ。男は鼻腔から血をまき散らし、仰向けにぶっ倒れた。

すぐさま、よろけている男に向け、右回し蹴りを放つ。足の甲が顔面を捉える。

工藤は脚を振り抜いた。男は吹っ飛び、左側にいた男二人を巻き込んで倒れた。

工藤は倒れた男たちに駆け寄り、ジャンプした。曲げた両膝を伸ばし、倒れた二人の男の顔面を踏みつける。二人はしたたかに後頭部を打ちつけ、奇妙な嗚咽《おえつ》を漏らした。

工藤が顔面から降りる。二人とも、口や鼻から血を垂れ流し、気を失っていた。

美濃部がむくりと起き上がった。

「たいした速さだ。蹴りも重い。伊達に頭を張ってるわけじゃなさそうだな」

胸をさすりながら、工藤を睨む。

工藤は自然体で対峙した。

階段から敵が上がってくる。正面階段の側からも敵が上がってきて、廊下を走ってくる。

全員が工藤に銃口を向ける。

「止まれ！」

叫んだのは、美濃部だった。腹に響く太い声だ。敵の男たちがぴたりと動きを止めた。

静寂が、書斎前の廊下を包む。階下の喧騒だけが聞こえてくる。

工藤の意識が美濃部に集中していく。周りがぼやけて消えていく。美濃部の実体もかすみ、輪郭だけがぼうっと浮かび上がり揺れる。

この感覚……。

センターで小松崎や藤田と戦った時に感じたものと似ている。

また薬物か……と疑うが、薬物疑惑が判明して以来、口に入れるものには細心の注意を払ってきた。以前の薬物の影響が残っているにしては時間が経ちすぎている。

自分の中にあった力なのか？

戸惑いを覚えるが、集中が増すと雑念も消えてきた。

白い無の空間に、ぼんやりと美濃部の影だけが浮かび上がり揺れている。速くなっている美濃部の鼓動、息遣い、血液の流れまで感じる。

気配が揺れた。

工藤の体が自然と右に傾いた。

頬に風を感じた。

美濃部が距離を詰めると同時に左ストレートを放っていた。拳は的を失い、後方へ抜ける。

すぐ下から空気の揺れを感じた。スウェーし、そのまま一歩後退する。

美濃部のアッパーが空を切る。

影が揺らいで懐に飛び込んでくる。左の空気が揺れる。工藤は上体を倒して少し屈んだ。

左フックが頭頂を掠めた。

美濃部の腹部がぽわっと浮かび上がる。肩を入れ、右ストレートを打ち込んだ。

風船を叩いたような軽い衝撃を拳に覚える。

ぼんやりとした影が後方に飛んでいく。

工藤は影を追いかけるように前進した。

止まったところに、中段の右回し蹴りを放つ。振り抜くと、影が飛んだ。壁にぶつかってバウンドし、戻ってくる。

ゆらゆらと所在なげに揺れている。

工藤は左足を踏み込み、浴びせるような右フックを放った。

拳が捉えた瞬間、ぼんやりとした影が弾けて、消えた。

上体を元に戻し、一つ深呼吸をする。

視界が戻ってきた。聴覚も戻ってきて、喧騒が聞こえてきた。

しかし、工藤の周りはしんとしていた。

銃を持った男たち誰もが、茫然と立ち尽くし、一点を見つめていた。

そこに目を向ける。

顔面が砕かれ、白目を剝いた美濃部が、壁に首を預け、痙攣していた。

男たちの後方から悲鳴が上がった。

仲間の咆哮に気づき、振り返る。工藤も声のしたほうを見た。正面階段側からは藤田と小松崎が、右奥階段の方からは佐野たちが上がってきていた。

背後から急襲を受けた美濃部の部下たちは、応戦を試みるも、すでに雌雄は決していた。

次々と戦闘不能になり、ねじ伏せられていた。逃げようとした者も捕まった。

小松崎、藤田、佐野の三人が工藤の下に駆け寄る。

「大丈夫ですか？」

小松崎が訊く。

「問題なさそうだな」

佐野は気を失っている美濃部を見て、にやりとした。

「こいつは、美濃部ですか？」

藤田が訊いた。

工藤がうなずく。

「美濃部といやあ、古参中の古参じゃねえか。こいつが黒幕だったというわけか」

佐野が言う。

「いや、わからんぞ」

工藤は返し、書斎のドアを見据えた。

「他の部屋に三神はいたか？」

「いえ、一階と二階の他の部屋は調べましたが、いませんでした」

佐野が答えた。

「おまえたちは、倒した者をすべて拘束し、屋敷から運び出せ。神城さんの指示に従ってくれ」

工藤は書斎のドアに手をかけた。

「わかりました」

三人が同時に首肯し、動きだす。

書斎の前から美濃部とその仲間たちが運び出されていく。その様子を見て、工藤は書斎のドアに手をかけた。

ノブを回そうとする。銃声が轟いた。ドアを貫通し、反対側の壁に銃弾が食い込む。

佐野たちが工藤の方を見やる。工藤は右手を上げ、無事を知らせた。

工藤は再びドアノブを握った。静かに開き、中へ踏み込む。後ろ手にドアを閉めた。

「よくたどり着いたな」

大きな机の後ろのハイバックチェアに紳士が座っていた。

工藤に銃口を向けている。

「僕しか入ってきません。下ろしてください」

「なぜ、私が銃を下ろせると思うんだ？」

「先ほどの発砲、あきらかに的から外れるように撃っていました。初めから、僕を殺す気はないのかと」

「弾道からそこまで判断するとは。たいしたものだ」

三神は銃を机に置いた。

工藤は机の前まで歩み寄り、見据えた。

「あなたがこの反乱の首謀者ですか？」

ストレートに訊く。

「いかにも」

三神は気負わず見上げ、微笑んだ。

「なぜです？」

「変える必要があった。組織を」

「僕ではまとまらないということですか？」

「それもあったが、様々な懸念が組織内にくすぶっていた。すべてを解消するには、行動を起こすしかなかった」

「懸念とは？」

「もう語る必要はないだろう。すべては解決した。私は、この事態を招いた責任を取るのみ」

三神は再び銃を手にした。

工藤に銃を向ける。

工藤は腰からレッドホークを抜き出した。

三神の指が引き金にかかった。それより早く、工藤が引き金を引く。

重い銃声が轟いた。

三神の頭部が砕け散った。

飛散したおびただしい血肉が背もたれと背後の壁に飛び散り、ぬらりと垂れ落ちた。

工藤は小さく息をついて目を閉じ、顔を小さく横に振った。

## 9

亜香里が午前中の作業を終えて、自宅に戻ると、玄関の前に包みを持った年配の女性が立っていた。

一瞬、警戒する。が、女性から殺気は感じない。

周囲に気を配りつつ、女性に歩み寄った。

女性は亜香里に気づき、会釈した。亜香里も会釈を返す。

「あの、すみません。工藤さんのお宅はどちらでしょうか？」

女性がか細い声で訊いてきた。

「工藤は私ですが」

「そうですか」

女性は笑みを浮かべた。

「私は馳直美と申します。星和製薬の三神新造邸で長年家政婦をしておりました。三神からこれを工藤さんに渡してほしいと頼まれましたので、届けに参りました」

女性は包みを差し出した。

「三神さん、ですか？」

亜香里は首をかしげる。知り合いにそのような人物はいない。

再び、気配を探る。しかし、女性に敵意はなかった。

「なんでしょうか？」

「ケースと鍵です。中身は、三神から決して見てはならないと申し付けられておりましたのでわかりません。受け取っていただけませんでしょうか。これをお渡ししない限り、私はここを離れられませんので」

女性は亜香里をまっすぐ見つめた。

見返す。その目に偽りはないように思えた。

亜香里は微笑んで、包みを受け取った。

「わざわざありがとうございます。お茶でもどうですか？」

「いえ、私はこれで。突然、失礼いたしました」

女性は深々と頭を下げると、静かに去っていった。

亜香里は女性を見送り、中へ入った。

テーブルに包みを置き、座る。包みを開いてみた。

女性の言うとおり、紫色のビロードのケースと鍵が入っていた。鍵はシンプルな昔ながらのウォード錠だ。金属部分は錆びついていて、古いものだと一目でわかる。

再び、ケースを持ち上げてみる。重い。振ってみる。かすかに音はするが、コードが引っかかるような違和感は感じない。爆弾ではないようだった。

殺しに使うとすると、毒ガスか……。

亜香里は立ち上がって、窓を開けた。読書用の眼鏡をかけ、大きいタオルで鼻と口を覆い、テーブル前に座り直す。

鍵を差し込んだ。少し引っ掛かりを覚えつつ、回す。カチッと小さい音がした。

蓋に手をかける。亜香里は大きく息を吸い込んで止めた。そして、意を決して、蓋を開けた。

少し下がり、ケースの様子を見つめる。何も起こらなかった。

亜香里はふうっと息をつき、タオルを外してテーブルの前に戻った。

一番上にはＤＶＤが置かれていた。それを取ると、下には封筒と金版があった。
封筒を開けてみる。中に一枚の便せんがあった。
亜香里は出して、便せんを開いてみた。
「これは……」
亜香里は手紙に書かれた文章を見て、両眼を見開いた。
手紙には、三神の名でこう書かれていた。
《これは長老から預かった、真の組織の長に与えられる金版である》

# エピローグ

三神邸での決戦を終えて一カ月後、工藤はようやく、亜香里の待つ九州に戻ってきた。

三神から亜香里に届けられたものは、すぐさま神城の部下を通じて神城に届けられた。

ケース内にはＤＶＤと金版、三神からの手紙、そして、金版の下には和紙に墨で書かれた書面が十数枚収められていた。

ＤＶＤは三神本人が撮影録画したものだった。

そこで、謀反の真相が語られていた。

長老はかねてから、小暮を倒した工藤に組織を継がせるつもりでいた。しかし、一方で組織内に潜む反体制分子の動向も憂慮していた。

突如現われた後継者への反発は、予想以上だった。

長老は、工藤に組織を渡す前に反乱分子の一掃を図ろうとしていた。

その矢先、徳丸兄弟の反乱により、命を落とした。

万が一を考え、長老は、殺し屋としての実務も知る三神に、組織の後継者が持つべき金版を預けていた。

三神は、工藤が徳丸を倒した時、その金版を渡すつもりでいたが、長老が憂慮する反体制分子の特定が間に合わなかった。

そこで、今回の件を仕掛けた。

上層部にいる三神自らが反乱分子の長となり、謀反を仕掛けることで、組織内に潜む反体制派を炙り出すことが目的だった。

はたして、美濃部グループを中心とする反主流派が誘いに乗り、組織内のしこりを表に引っ張り出した。

あとは、工藤を中心とする主流派が反主流派を駆逐すれば、長老が思い描いた組織になる。

万全を期すため、三神は成宮や須子を抱き込んで、弛緩薬だと騙して、ひそかに組織内で開発していた増強剤を工藤に盛らせた。

その効果は想像以上だった。話を聞く限り、工藤の中に眠っていた潜在能力を開花させたようだ。

長老の願いが叶えられる時、自分はこの世にいないだろうが、組織の繁栄を願う、と映像は締められていた。

三神が預かっていた金版には、レッドホークに記されているアルファベットや数字の読み解き方が記されていた。

銃に配置されているアルファベットと数字を抜き出して、そのままの位置で平面に書き起こす。そして、それに五行説を当てはめる。

五行説とは、木火土金水という五つの元素の相克と相生で万物が創造されるという古代中国の哲学理論だ。

組織を起ち上げたメンバーが五人で、創設メンバーが〝五星〟と呼ばれたところから由来する。

星形を描いて、十二時の頂点から各頂点に、木火土金水と記す。

隣り合う文字は、木は火を熾し、火は土を生成し、土は金を集め、金は水を作り、水は木を育てるといったように、共に発展することを意味する相生を表わす。

一つ飛ばしにつなぐと、木は土の養分を吸い取り、火は金を溶かし、土は水を吸い取り、金は木を切り倒し、水は火を消すというように相反するものが互いを打ち消す相克を表わす意味となる。

金版に書かれた手法と和紙の書面に記された順序に従って、英数を並べていくと、歴代の頭首が就任した年代と名前、組織の中枢が置かれていた場所などの情報が浮かび上がってきた。

工藤の父の名前と頭首就任期間が記されていた書面もあった。

金版に記されていた暗号を読み解くと、この手法に従った書面で名を刻まれ、レッドホークを手にしている者だけが、真の組織の頭首であると書かれていた。

工藤は、仁部や神城と話し合い、上層部とも会合を持った。

結果、組織をこれ以上暴走させないため、工藤を真の頭首とすべく、書面を作ることとなり、工藤も同意した。

そして、書面が作成され、ビロードケースに収められた瞬間、工藤は組織の真の後継者として上層部にも認められ、相談役以下、組織傘下のすべてのリーダーに通達された。

工藤の本意ではないものの、そうするしか組織をまとめ上げる術はなかった。

工藤は頭首後継を受ける代わりに、ビロードケースとレッドホークを上層部に預け、しかるべきところへ保管してもらうよう依頼した。そして、これまで同様、相談役の合議制で組織を運営するよう、命令を下した。

すべての手続きを終えて、工藤はようやく九州に戻ってきた。

駅に降りると、すぐ、同じ水産加工場で働いているなじみのおばちゃんに出会った。

「あら、工藤さん。久しぶりやねえ。どこ行ってたん？」

「ちょっと、実家で用があって、離れてたんです」

「そうかえ。ケガもしちょるみたいやし。大丈夫かえ？」

「転んでしまって。歳ですかね」

苦笑してみせる。傷は目立たない程度に癒えていた。

「あんたが歳やったら、私らゾンビやんか」

おばちゃんは工藤の腕を叩いた。治りきっていない傷に響くが、笑ってごまかす。

「亜香里ちゃんも大変やけん、はよう帰ってあげんと」

「はい。失礼します」

工藤はタクシーに乗り込み、自宅前まで戻った。

周りには多少、険しい気配が漂う。組織の護衛だ。工藤としては、プライベート空間に組織の空気を持ち込むのは良しとしなかったが、頭首を受けてしまった以上は仕方がない。

自宅の玄関の前に立つ。

ドアが開いた。

ふわっと我が家の匂いが漂ってくる。

胸の内がスッと軽くなった。

「おかえり」

亜香里が笑顔で迎える。

おそらく、気配を感じているはずだが、ピリッとした空気をおくびにも出さない。

「ただいま」

「りゅうきゅうあるよ。お茶漬けで食べようよ」

「そうだな」

工藤は、何も訊かず、いつも通りに迎えてくれる亜香里を見つめて目を細めた。

そして、強く誓う。

この平凡な幸せだけは、何があっても守ろう——と。

この作品は二〇二一年五月号から二〇二二年五月号まで「読楽」に連載されたものに、加筆・修正したオリジナル文庫です。

なお、本作品はフィクションであり実在の個人・団体などとは一切関係がありません。

徳間文庫

# 紅《あか》い塔《とう》



2022年11月15日 初刷

著者 矢《や》月《づき》秀《しゅう》作《さく》

発行者 小宮英行

発行所 株式会社徳間書店

東京都品川区上大崎三-一-一 〒141-8202
目黒セントラルスクエア

電話 編集〇三(五四〇三)四三四九
販売〇四九(二九三)五五二一

振替 〇〇一四〇-〇-四四三九二

印刷 製本 大日本印刷株式会社

ISBN978-4-19-894793-4 (乱丁、落丁本はお取りかえいたします)

矢月秀作

# フィードバック

引きこもりの湊《みなと》大《たい》海《かい》は、ある日、口ばかり達者なトラブルメーカー・一《いっ》色《しき》颯《そう》太《た》郎《ろう》と同居することになった。いやいやながら大海が駅へ颯太郎を迎えに行くと、彼はサラリーマンと口論の真っ最中。大勢の前で颯太郎に論破された男は、チンピラを雇い暴力による嫌がらせをしてきた。引きこもりの巨漢と口ばかり達者な青年が暴力に立ち向かう！　稀《き》代《たい》のハードアクション作家・矢月秀作の新境地。